異域搜查師②

大戰憂傷谷

關景峰 著

新雅文化事業有限公司

www.sunya.com.hk

這是 **魔幻偵探所** 五年後的世界……

　　由南森博士創辦的英國倫敦魔幻偵探所，把市內橫行的魔怪一一掃除，市民得到了片刻的和平。怎料，隱蔽在各個角落的異域中，卻出現了亂局，原來更邪惡的魔怪正在醞釀驚世陰謀……

人物簡介

海倫

年齡：17歲　　絕技：飛盾護體
前倫敦魔幻偵探所主任，臨危受命，被委任為魔法警察部的督察，來到失控的異域調查亂局源頭。

湯姆斯

年齡：20歲（外表12歲）　　絕技：暴風鐵拳
康沃爾郡魔法師聯合會精英，被調派到魔法警察部當海倫的搭擋。但來到異域後因吃了過期變身藥，變成小孩後無法復原。

餓了

魔怪類型：魔刺蝟　　絕技：尖刺攻擊
吃了有魔性的藥渣後，懂得魔法和説人類語言。被海倫從地下交易市場救出後，就跟着他們不走。因為總是吃不飽，所以被叫作「餓了」。

目錄

第一章

藍葉樹

　　海倫他們走進春天鎮外的森林，裏面是平靜的，小鳥在樹梢上鳴唱，加上不遠處發出潺潺流水聲的小溪，使得這次森林行程更像是一場陶冶心扉的遠足。

　　幾天前，魔法警察海倫和湯姆斯為了調查異域的亂象，會聚在春天鎮，終於挖出了附體在鎮長上的無臉魔皮爾遜，還抓住了它的同夥。只不過剛來鎮上的時候，湯姆斯為了躲避監視，吃了過期變身藥，從大人變成小孩後變不回來了，這讓他很尷尬，而且不知道哪裏可找到解藥變回大人。

　　說起好的方面，這次春天鎮的行動，懂魔法的刺蝟「餓了」加入了他們。他們要去倫敦，和倫敦警察廳魔法警察部的諾恩警司商議下一步行動，他們知道指使無臉魔的大魔頭叫雷頓，不知

道它躲在什麼地方，但是一定要抓到這個元兇。

此時他們三個穿行在森林裏，邊走邊說話。

忽然，起風了，樹枝強烈地搖擺起來，森林裏也更加昏暗了。

「噢，餓了，你的故鄉天氣真的變化無常呀。」湯姆斯對餓了說，「剛才還好好的。」

「我的故鄉？」餓了眨眨眼，「噢，湯姆斯，你說話怎麼優雅起來？沒錯，這裏算是我的故鄉，不過更準確地說，我的故鄉在春天鎮北面的森林，這裏已是西南面了。當然這裏的氣候就是這樣，沒有忽然下起雨來就已不錯……」

話音未落，一個雨滴就打在餓了的後背上，緊接着，一大片雨水落了下來。

「噢，你說的還真不錯。」湯姆斯說道。

海倫連忙帶着他們來到一棵大樹下躲雨，這棵大樹枝繁葉茂，加上雨下得也不算大，他們在樹下也沒怎麼淋到雨。

「也就是淋一點雨，前些天我們在春天鎮

裏可是腥風血雨啊！」餓了躲在樹下，依舊是喋喋不休，「等雨停了就好，我們繼續趕路。很不錯，這裏已經沒有無臉魔了⋯⋯」

「有情況——」海倫忽然說，她很是緊張，看了看四周。

雨中，五個穿着白色頭蓬的無臉魔似是從天而降，忽然站在海倫他們身邊，包圍了他們。

「噢，怎麼會這樣？」餓了看到那五個無臉魔，吃驚也無奈。

「餓了，你應該說這裏沒有一百噸黃金。」湯姆斯即使看見無臉魔，也不忘說笑。當然這種願望是反的，湯姆斯根本就不怕它們。

海倫嚴陣以待，她站定了腳步，等待無臉魔出招，她緊緊地盯着幾個無臉魔，判斷他們誰第一個發起攻擊，或者是一起衝過來。

對峙的時間不長，一個無臉魔突然抽出一根魔法棒，吶喊着衝了上來，另外四個也都拿着魔法棒，跟着衝上來。

　　海倫立即迎上，她揮拳就打向最先衝上來的無臉魔，近距離看，這個沒有眼睛沒有鼻子耳朵、只有一張嘴的無臉魔，嘴角有一個長長的傷疤。這個無臉魔用魔法棒猛刺海倫，兩人都沒有躲避，海倫的拳頭打在無臉魔身上，它的魔法棒也刺中海倫的肩膀，他倆都倒退幾步。

　　兩個無臉魔，一胖一瘦，它們一左一右攻擊湯姆斯，湯姆斯擋開胖無臉魔，順手揮拳打向瘦無臉魔，瘦無臉魔被他打得倒在地上。

　　「哇——哇——小孩子很厲害——」瘦無臉魔大叫起來。

　　「我不是小孩，只是看似長不大！」湯姆斯喊道。

　　「那就是小！」瘦無臉魔竟開始咬文嚼字。

　　「奧古斯丁，別跟他囉嗦，打他——」胖無臉魔在一邊喊道。聽上去瘦無臉魔叫奧古斯丁。

　　一個高個子無臉魔從背後攻擊海倫，它還沒有衝到來，餓了就急速縮成一個球，尖刺朝外，

跳起來插在高個子無臉魔的後背上。它慘叫一聲，轉身看，餓了已經跳到地上，不過隨即跳起來，又插它的腿。

嘴角有疤的無臉魔揮着魔法棒，對海倫射出一道電光，海倫連忙一躲，身體急速向前，隨後下蹲，一個掃堂腿就把它踢倒在地上。

一個矮個子無臉魔飛起來踢向海倫，海倫雙手猛地捧住它的腳，用力一掀，它頓時飛了出去，重重地撞在地上。

攻擊湯姆斯的胖、瘦無臉魔依舊是氣勢洶洶，雖然又被打倒兩次，但都頑強地爬起來，揮舞着魔法棒，對着湯姆斯又刺又劈。這種魔法棒看着短小，似乎還是木製的，但是自身有魔性，攻擊力度強大。湯姆斯一腳踢在胖無臉魔的腰部，一個圓圓的綠色小球掉在地上，胖無臉魔倒地後慘叫一聲。

湯姆斯和海倫明顯佔了上風，這幾個無臉魔不是對手。湯姆斯上前一步，想打暈胖無臉魔，

抓個活的。胖無臉魔看着衝上來的湯姆斯，顫抖着轉身就跑。湯姆斯追上去重重一拳，打在胖無臉魔頭上，它慘叫一下，「唰」的一聲，當場就氣化了，地上留下了一攤白色粉塵。

「完蛋了？」湯姆斯吃驚地自言自語，「我可真屬害！」

湯姆斯轉向另外一個躺在地上呻吟的瘦無臉魔，它爬起來想跑，湯姆斯一道電光射過去，射中了瘦無臉魔，它也頓時氣化，僅僅在地面留下一攤白色粉塵。

高個子無臉魔吃驚地看着兩個同夥被擊斃，轉身就向森林深處跑去，湯姆斯立即追上去，一把抓住它的罩衣，用力往回一拉，無臉魔倒地。湯姆斯一拳打上去，正好打在它的胸口上，高個子無臉魔大叫一聲，隨即也氣化，變成粉末了。

湯姆斯轉身看向海倫那邊，只見地上有一攤白色粉末，顯然，矮無臉魔已經被海倫擊斃了。因為海倫正在追打嘴上有疤的無臉魔，它逃到一

棵大樹前，被海倫追上。海倫一拳打過去，無臉魔慘叫一聲，也化成一攤白色粉末。

地面上，現在有五攤白色粉末。

「怎麼全都變成粉末了？」海倫站在一攤粉末前，自言自語地問道。

「是這樣的呀，很多魔怪被擊斃後都會變成粉末，當然也有留下完整屍體的，這有什麼大驚小怪的？」湯姆斯說。

「好吧。」海倫微微點點頭。

「這次的五個，魔力不行呀。」湯姆斯嘲弄地說，「不及格！」

「我們是怎麼被跟上的？」海倫站在那裏，沒有一絲戰鬥勝利的喜悅，「莫非我們的行程又被出賣了，春天鎮裏還有無臉魔的奸細？這絕對不是巧遇。」

「啊，這可複雜了。」湯姆斯說，「它們明顯就是一直跟着我們，準備消滅我們的。」

「我說，這有一個綠色小球。」餓了拿着那

枚從無臉魔身上掉下來的小球，走了過來。

「啊，還有一枚小球呢。」湯姆斯說道，「我還想找呢，看看這到底是個什麼東西，看上去像是資訊球。」

「是一枚資訊球。」海倫說着接過那枚小球，它的直徑大概有一枚硬幣那麼大，「魔法師和魔怪、巫師都會用這個來傳遞資訊，迅速並且保密性強。」

海倫說着，用力捏了一下資訊球，資訊球立即發散出綠色的熒光，一行文字出現在球的周邊，並不停旋轉。

「解決掉兩個魔法警察後立即到諾蘭森林，

憂傷谷北面的中心山洞，洞前有一棵藍葉樹，雷頓在等你們。」海倫看着文字，唸了出來。

「解決掉兩個魔法警察？就是我們兩個啦，然後去找雷頓……」湯姆斯說着看了看海倫，「雷頓派出這五個無臉魔來襲擊我們，以為能得手，它在憂傷谷等着呢。」

「應該是這樣，無臉魔在攻擊我們前，正收到這條資訊。」海倫說，「資訊球可以多次使用，但是永遠只顯示最後一條資訊。」

「等等——」餓了突然叫了起來，「這裏面沒有提到我，沒說把我也一起幹掉。」

「你不是魔法警察……」湯姆斯立即說。

「我以為我是……」餓了大聲地說。

「不要吵。」海倫擺了擺手，「餓了，關於你加入我們這個隊伍的事，我已經報告了指揮中心的諾恩警司，不久就會正式批准下來，但現在你暫時跟着我們……」

「好吧，我自覺是魔法警察，你可以把這感

覺也報告給那個諾恩。」餓了聳了聳肩，說道。

「好的，我會報告。」海倫說道，她環視着大家，「我們現在得到了一個資訊，就是那個無臉魔的大魔頭──雷頓，它就在憂傷谷的中心山洞裏。」

「雷頓不知道五個無臉魔都已死了，所以會在那裏一直等下去。我們現在就過去，抓住雷頓！」湯姆斯激動地說。

「那就走吧，還等什麼？」海倫揮了揮手，「湯姆斯，我記得諾蘭森林在北面……」

「先到諾蘭森林，再找那個山洞。」湯姆斯說着掏出了手機，開始查詢地點，「啊，諾蘭森林距離我們只有八十公里，走出這森林我們可以坐一段車，下午就能到了。我想應該向指揮中心報告一下，我們在改變方向了……」

「你們等等我呀，我們不先在這裏吃一頓飯嗎？我餓了……」餓了很不情願地跟在他們後面，「你們認為那個雷頓會請我們吃飯嗎？」

他們向北穿越出了森林，前面有一個叫做紐頓的小鎮，他們在鎮上等到了一輛開往愛丁堡的長途車，只要向前開幾十公里，在一個叫奧特本的小鎮下車，再向北走上一公里，就是諾蘭森林了。

魔法警察部的指揮中心接到了海倫的報告，諾恩警司批准了他們的新行動，這可是一次難得的機會，諾恩警司叫他們一定要小心。指揮中心不在現場，無法分析具體情況，所以很多事都要海倫他們自己決定。

兩個小時後，他們在奧特本小鎮下了車，就看見北面連綿的高山。他們走出小鎮，前面是一條通向山間的小路，地勢開始向上抬起，眼前最近的一座大山，看上去也有五百米高，後面的山更高，海倫估算了一下，最少也有一千米。

「越過這座希爾山。」海倫指着眼前的高山，「後面那座更高的，就是諾蘭山了，山上到處都是樹，在兩山之間，就是諾蘭森林的憂傷谷，那裏也是一片異域。我們要在諾蘭山的山腳找到一棵藍葉樹……」

「雷頓在等着無臉魔呢，沒想到等來的是我們。」餓了得意地說，「我說，進山洞前我們要不要變化一下，變成無臉魔，這樣更能騙到雷頓。」

「嗯，我看很有必要。」湯姆斯興奮地說，「我說餓了，你有時候很狡猾的嘛。」

「謝謝，謝謝。」餓了更得意了，「我總是被自己所感動，我就是這麼的聰明！」

他們走到希爾山的山腳下，隨後開始爬山。來的小路上，他們就沒有遇見一個人，身後的小鎮也沒什麼人。小路的盡頭就是希爾山的山腳，四周全是高大的林木，藤蔓從樹上垂下。

大家一路攀爬，踏上這座五百米高的希爾山

山頂後，大家全都很累了。餓了攤倒在地上，連喊走不動了，要好好休息。

海倫向前走了幾步，前面就是下山的路，她望着山下的谷地，那就是憂傷谷。海倫通過手機上網查詢，了解到這裏以前曾經有好些人進到谷中之後，難以找到出路，都困死在谷中，所以才叫憂傷谷。不過人類現在有了科技手段，露營的裝備也遠非過去能比，所以進到山谷裏，也不會迷路；至於動物進入這個谷地後會怎樣，據說也很難再走出去，只不過動物的生存能力要比人類強一些。

「湯姆斯，你看……」海倫叫來湯姆斯，指着山谷，「資訊球上說的中心山洞，我看就是那一個區域，正好是山的正中，憂傷谷的北面。」

「嗯，沿着一條直線走，很快就能找到那棵藍葉樹。」湯姆斯點點頭。

第二章

青石板上的樹樁

餓了已經爬了起來，找到一棵灌木，開始揪上面的果子吃，這裏人跡罕至，動物應該也很少來，灌木上的漿果又大又圓，漿水很多，餓了吃得滿嘴流淌。

「雷頓來了——」湯姆斯突然喊道，隨即做出了迎戰的動作。

「啊——」餓了聽到這句話，慌了，一下就從灌木枝上掉了下來，隨即縮成一個球。

海倫也感到了魔怪來臨，他和湯姆斯都是魔法師，如果魔怪不刻意隱藏或偽裝，例如附體或利用魔力消隱魔性，那麼魔法師都可近距離感知得到。海倫跳到一棵樹後，準備發起攻擊，不過她不明白為什麼雷頓會來到這裏。

不遠處的灌木叢中，一陣晃動，一隻模樣像老鼠，但是耳朵圓圓，身體像兔子大小的動物走

了出來，牠有點胖，走路一搖一晃的。

「大鼠仙！」海倫從樹後走了出來。大鼠仙是一種有益無害的魔怪，除了略有些神經質，愛嘮叨，其他都很好。

大鼠仙本來是洋洋自得地走着，看到樹後跳出來的海倫，嚇了一跳。

「什麼人？怎麼知道我是大鼠仙，不是胖狐狸？」

「我們是路過的魔法師。」海倫連忙解釋，「怎麼？有人說你是胖狐狸嗎？」

「幾個在山中探險的人說的，五年前。」大鼠仙不滿意地說，「有我這麼好看的狐狸嗎？」

「你叫什麼？」湯姆斯驚奇地問，他沒想到在這個山谷能

碰到大鼠仙。

「費拉米125世，憂傷谷的大王。」大鼠仙說道，「叫我的全稱，不要叫我費拉米或者只叫125……」

「好的，費拉米……一百二十多世。」湯姆斯想了想，說道，「我是湯姆斯，這位是海倫，還有餓了。」

「準確點，125！不是一百二十多！」大鼠仙不客氣地糾正道，「海倫餓了？餓了就轉身下山，那邊有你們人類的小鎮，鎮上有餐館。」

「我叫『餓了』。」餓了連忙解釋，「這位叫海倫，不是海倫餓了。」

「這是什麼倒楣名字？」大鼠仙不屑地說。

「噢，你可真不客氣。」餓了氣鼓鼓地說，「這就是這片山林動物的風氣？」

海倫連忙擺擺手，制止餓了和大鼠仙爭吵。

「我說費拉米125世。」海倫一口氣唸完大鼠仙的名字，唯恐唸錯了，「大鼠仙可是我們魔

法師的朋友，我們倫敦就有，我都認識呢。」

「那都是我的遠親。」大鼠仙說

「噢，那很好……我說，這裏最近有沒有什麼異常？有個魔怪，我是說那種作惡的魔怪，是不是在這裏的某個山洞裏？」

「有異常嗎？沒感覺。」大鼠仙搖頭晃腦地說，「這裏這麼大，我住在下面的山洞裏，現在也不常去別的地方，不知道呀。我年紀大了，需要安靜地生活，周圍一百米的漿果就能養活我，你們知道嗎？生活的節奏需要慢下來，這樣有利於健康，尤其是我這樣的老年大鼠仙……」

「知道，知道。」海倫連忙打斷大鼠仙的話，「我是想問，這附近有沒有一棵藍葉樹？」

「藍色樹葉？不知道，你們在找藍葉樹嗎？為什麼不找紫葉樹？你們在歧視紫葉樹嗎？這可不好，紫葉樹知道了，會生氣的……」

「好，好──」海倫叫了起來，「我們其實是找各種顏色的樹葉，我們也很愛紫葉樹……」

「那麼你們就不愛藍葉樹嗎……」

「前輩，我想我們應該走了，你是出來用餐的吧？那麼祝你用餐愉快……」海倫說着對湯姆斯和餓了揮揮手，「我們快走。」

「喂，我為什麼不能是出來活動身體的呢？儘管我不愛動。」大鼠仙看到海倫走了，還想阻攔，「喂，這就走了嗎？不陪我這老傢伙聊一會嗎？看看，你們還帶了一隻刺蝟，走路一晃一晃的，這姿勢真難看呀……」

「你這話多的胖狐狸！」餓了回頭說道。

「喂，我不是胖狐狸。」大鼠仙的聲音從海倫他們身後傳來，「我說魔法師姐弟，你們到這裏幹什麼呀？是探險嗎──」

他們連忙向山下走去，山下就是憂傷谷，如被大鼠仙糾纏上，也不知道什麼時候才能離開。湯姆斯都不想解釋自己不是海倫的弟弟了。

下山的路有些陡峭，具體來說，其實並沒有路，全靠他們自己抓着灌木，摸索着向下走。

「你們看那裏，應該就是大鼠仙的家。」餓了趴在湯姆斯的肩膀上，不用攀爬着下山。牠指了指不遠處的一株灌木，灌木旁有一個洞，洞口的草都被壓平了，「我能聞到大鼠仙的氣味從那裏飄來。」

海倫和湯姆斯向那個山洞看了看，這個山洞距離山頂大概有一百米的距離。山洞並不大，洞口直徑大概也就半米，大鼠仙以此為家，環境也不錯，這個林子裏任何具有攻擊性的動物都對大鼠仙不構成威脅，畢竟大鼠仙是一種魔怪。

海倫和湯姆斯小心地下山，走了一會，路不是那麼陡峭了，他們看着對面的山體，邊走邊看那棵藍葉樹在哪裏，不過一直下到山腳，也沒有發現。他們估算了一下，從這裏要走一公里多才能到對面山的山腳，而藍葉樹應該隱沒在那裏。

他們開始穿越谷底的樹林，這裏就是憂傷谷的谷底了，海倫也測算了一下，他們正在憂傷谷的中央地帶穿行，這樣一直走下去，到了對面山

腳，應該很容易找到那棵樹。他們是魔法師，循跡找路的能力強大。

憂傷谷底，似乎並沒有什麼動物，更不像有可怕大魔頭隱藏在這裏的樣子。他們要是攜帶帳篷，這就是一次林中露營。

十幾隻小鳥被他們在林中行進的聲音驚擾，快速地起飛，林中有了一剎那的喧鬧，隨後又轉入平靜。海倫他們一點點地向前移動，接近對面的山腳，地勢一下又開始抬起。海倫小聲地和湯姆斯商議，如果發現雷頓所在山洞後如何展開攻擊，湯姆斯說一定要快速出招，出奇制勝，但是先要確定雷頓是否就在山洞裏。

他們觀察着周圍的樹木，前方忽然出現了一隻真正的狐狸，海倫和湯姆斯的目光被吸引過去，那隻狐狸看到有人，迅速逃走了。不過沒有幾秒鐘，又一隻狐狸站在那裏，這隻更大，呆呆地看着海倫和湯姆斯，隨即又逃走了。

「這是狐狸窩嗎？」湯姆斯說着，扶着一棵

大樹，「我說海倫，休息下吧，有點累了。」

海倫看着湯姆斯，不說話，抬頭看着湯姆斯頭頂方向。湯姆斯愣了一下，順着海倫的目光看上去。

湯姆斯的頭頂上方，全都是藍色的樹葉，在周圍綠色樹葉的襯托下，非常地顯眼。

湯姆斯吃驚地張大了嘴，他的眼睛都要跳出來了。沒想到自己就在藍葉樹下面。海倫順手指了指前面，湯姆斯看到，海倫指的方向，在灌木的掩映之下，有一個一米多的山洞洞口，洞口之上，垂下來很多藤枝，不仔細看，看不太清。

湯姆斯慌忙躲到了藍葉樹的樹幹後，這棵樹的樹幹並不特殊。海倫也躲了過去。

「雷頓就在裏面。」湯姆斯很是小心地說，「我們衝進去，把它抓住。」

「也許不在。」海倫說，「要搞清楚狀況，冒然衝進去不好。」

「我是魔法師，這麼近的距離，能感知道裏

面有個魔怪。」湯姆斯很是確定地說。

「我也有這種感覺。」海倫說，「我們還要了解裏面有沒有其他通路，或者還有別的魔怪……」

「好啦，我去看看不就行了。」餓了說，「我是隻刺蝟，就算闖進去，也是一隻亂跑的刺蝟，雷頓不會注意我。」

海倫和湯姆斯都感到餓了說得對，他們叮囑牠要謹慎，進到山洞裏不要太深入，雷頓這種魔怪，傷害一隻闖進來的小動物是很有可能的。

餓了答應一聲，快步向山洞跑去。海倫眼看着牠跑進山洞，她和湯姆斯都揪着心，同時做好衝進去戰鬥的準備。

忽然，餓了從山洞裏鑽了出來，隨後快步向這邊跑來。

「雷頓在裏面睡覺呢！我沒有太深入，怕吵醒它！」餓了一回來就激動地比畫着，「裏面沒有其他出入口，還有，就雷頓一個，沒有別的魔

怪。」

「你看清了嗎？」海倫不放心地問道。

「我看不清，裏面黑乎乎的，我靠照射進去的光看情況，大約看見一個魔怪的影子，正在那裏躺着。那麼近的距離，我也能感知魔怪的存在。」餓了說，「山洞裏沒有別的出入口，這個我能確定，因為沒有其他地方有光照進來。」

「好，沒問題了。」海倫說着看看湯姆斯，「那我們就進去把雷頓抓住，一定要抓活的。」

「我一個人就可以。」湯姆斯滿不在乎地說，「你守在洞口那裏，它跑出來就堵截。」

「一起進去吧，雷頓可是個狠角色。」海倫揮揮手，「進去後，如果雷頓抵抗，你進攻左路，我進攻右路，餓了隨機發揮。抓活的，異域的亂象都起源於雷頓，它能交代出很多我們不知道的事情。」

他們一起小心地來到山洞前，洞口高大概一米五，海倫需要彎着腰進去，湯姆斯雖然變成了

孩子，但進去也要稍微低些頭。

海倫看看湯姆斯，揮揮拳頭，湯姆斯猛地衝進去，海倫立即跟進來，隨後餓了也跟了進去。

海倫一進去就拋出一枚亮光球，頓時，山洞裏被照得很亮，山洞裏的空間倒是很大，山洞頂有兩米多高。兩邊足有五米寬，大家的眼前，有一塊青石板，上面背對着洞口，躺着一個人形魔怪，它穿着一個斗篷，湯姆斯和海倫都能感到魔怪的氣息！

山洞猛地被照亮後，躺着的魔怪似乎沒受任何影響。湯姆斯衝上去，用手按住它，但是他的手一下就壓了下去，湯姆斯用力一扯，扯下來一件斗篷，青石板上只有一個粗粗的樹樁，大概有一個人那麼長。

「啊？」湯姆斯驚叫一聲，愣在了那裏。

機密檔案 1

關鍵人物

大鼠仙 費拉米125世

大鼠仙是一種善良魔怪，雖然愛嘮叨，但樂於幫助魔法師。費拉米已經快二百歲，對憂傷谷非常熟悉，隨時會在人們危急時伸出援手！

關鍵證物

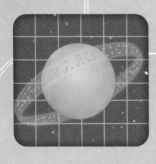

資訊球

用作遠距離傳遞資訊，小巧、飛行迅速、保密性強。用力捏一下，施以魔力後，周圍就會發散出熒光文字。

藍葉樹

海倫從資訊球中得悉雷頓跟手下會合的山洞，以藍葉樹為記認。但是，世上竟然有樹葉是藍色的？當中會不會有蹊蹺？

被困

「快跑呀──上當了──」餓了大喊起來，隨即轉身就向山洞外跑去。

「轟──」的一聲巨響，一個巨大的石牆從山洞口落了下來，重重地砸在地面上，正好完完全全地堵住了洞口。

海倫和湯姆斯被落下來的石牆震得倒在地上，餓了也差點被石牆砸中，石牆就落在地面前半米的地方，當即把牠震飛了出去，撞到洞壁上，再落在青石板上。

石牆的震動衝擊波把亮光球沖出去幾米，重重地撞在洞壁上，掉落在地面上後，又彈起來一米。亮光球明顯被撞壞，落地後就熄滅了，山洞裏頓

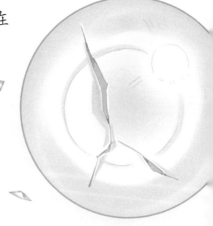

時陷入一片黑暗中。

山洞裏的震盪，持續了十多秒，最後才平靜下來。海倫和湯姆斯慢慢地爬起來，餓了也站了起來，一起看向石牆。

石牆中心偏上位置，有一個比乒乓球大一些的圓洞，外面的光線從圓洞照射進來，海倫感覺這個圓洞是故意預留，不是天然就有的。

「我們這是……上當了？」湯姆斯猶猶豫豫地問道，像是自言自語。

「那當然，我們被騙了！被騙進這個山洞，然後被關在這裏了！」餓了激動地說。

「木樁被注入了魔性，所以我們感到有魔怪在這裏。」海倫在青石板旁，摸着木樁，「這就是騙我們的。」

「我們要出去──」湯姆斯説着上前幾步，用力去搬動石牆。

石牆是一塊完整的、四方形的巨石，長寬都是三米左右，厚大概不到半米。石牆的四邊正好

抵住洞口周邊的石壁，一看就是設計好的。

海倫衝上去幫忙，兩人用盡力氣，想把石牆搬開，但是石牆紋絲不動。

海倫拉開湯姆斯，她後退了幾米，抬手向石牆射出兩道電光，電光射在石牆上後隨即彈開，只留下兩個小黑點。

「啊——暴風鐵拳——」湯姆斯大喊一聲，他的手臂頓時變成金屬的，他揮拳砸向石牆。

「哐——」的一聲後，石牆上留下一個小白點，除此外沒有任何損壞。

湯姆斯又用力砸了幾下，山洞裏的撞擊聲響徹，但是石牆根本就紋絲不動，更沒有任何破裂。餓了在一邊一直捂着耳朵。

海倫把湯姆斯拉住，湯姆斯氣喘吁吁地看着眼前的石牆，忽然，他轉身，沿着石壁走了一圈，他還用拳頭砸着石壁，但是沒有用，石壁的厚度遠比石牆更大，他們這是被封在山體裏了。

海倫想到什麼，她猛地掏出手機，但一點信

號都沒有，海倫徹底沒有辦法了。

「全是設計好的，我們中圈套了！」海倫說，「如果這個石牆能被我們打開，那陷害我們的傢伙就不用這一招了。」

「完了，這下我們真的憂傷了。」餓了垂頭喪氣地說，「憂傷谷的山洞關着憂傷的我們。」

「你們說對了──」一個聲音傳了進來，這個聲音是從那個石牆上預留的小洞裏傳進來的。有個人在山洞外面，隔着石牆對裏面說話。

海倫和湯姆斯相互看看，圍到石牆小洞那裏，餓了也用後腿站立起來，雙手扶着石牆。

「我有些問題，你們回答出來，那麼我可以考慮釋放你們。否則，我把這個小洞從外面封死，半小時內，山洞裏的氧氣就會耗盡，你們全都會死去！」那個聲音又傳進來，「噢，你們應該明白，留着這個小洞，一是能讓你們呼吸，二是我可以和你們說話……」

「你是誰，你到底要幹什麼？」海倫問道。

「啊，忘了自我介紹了。」那個聲音說道，「我就是無臉魔呀，其實早上我們在春天鎮外的森林裏交過手，讓你們以為我們都被擊斃了，哈哈哈，我們都好好的呢⋯⋯你們可以叫我蓋魯，你們就不用自我介紹了，海倫和湯姆斯，還有一隻跟來送死的傻刺蝟⋯⋯」

「你才傻，你們全家都傻⋯⋯」餓了聽到這話，跳着腳叫罵起來。

「告訴我，你們什麼時候成立警察廳魔法警察部？這個部門有多少魔法警察？掌握了我們無臉魔的什麼資訊？下一步的行動是什麼⋯⋯」

「就不告訴你，告訴你我就不是刺蝟──」餓了大喊着，「我就是⋯⋯小狗⋯⋯」

「無臉魔，蓋魯，你滾──」湯姆斯喊道，「我們不會告訴你的──」

「你們等着被抓吧──」海倫也喊道。

「嘴可真硬呀。」蓋魯說道，「好，我給你們時間想，你們想想自己被困在這裏，不回答我

的問題就會被悶死，痛苦地死去。想明白了就喊我，大聲喊，我在這附近。」

外面平靜下來，蓋魯應該走了。湯姆斯走到青石板那裏坐下。

「這個蓋魯應該沒騙我們，它就是無臉魔，我剛才從小洞裏看到它嘴邊的傷疤了，它就是早上森林裏第一個向我衝過來的那個無臉魔。」海倫皺着眉，靠着石牆説。

「讓我出去，我一拳打倒它們一個！」湯姆斯很不服氣地説。

「我們上當了，被無臉魔給騙到這個地

方。」海倫說着拿出那枚資訊球，「它們掌握了我們的行蹤，然後故意和我們交手，假裝被我們擊斃，留下這個資訊球，我們根據這上面的資訊就來到這裏。」

「是呀。」湯姆斯說，「我知道我很厲害，但是當時都沒想一想，自己怎麼會厲害到輕輕鬆就打死了五個無臉魔，唉，原來上當了⋯⋯」

「沒關係，沒關係。」餓了說道，「偶爾上一次當，你們的人生才算完整⋯⋯我來試試看，也許能鑽出去⋯⋯」

餓了說着來到一處石壁下，因為石牆上的那個小洞有光射進來，所以洞裏並不是完全昏暗的，大家能模糊地看清山洞裏的情況。

「哎，要是先吃點東西就好了，我就有力氣了。可惜無臉魔不會給我們提供食物。」餓了先是歎了一口氣，隨後說道。

餓了開始用手爪挖地，十分用力，但是地面都是石質的，根本就找不到一點鬆軟的土質。餓

異域搜查師

了這裏挖一挖，那裏挖一挖，最後癱倒在地上，喘着氣。

湯姆斯走到石牆前，手扶着牆，摸了摸。

「穿牆術——」湯姆斯唸了一句魔法口訣，隨後猛地邁步，撞向石牆。

「噹——」的一聲，湯姆斯的身體撞在石牆上，發出沉悶的一聲，他隨即被反彈出好幾米，坐在了地上。

「不行，這面石牆一定被施了防穿咒，那些石壁又太厚，用穿牆術也沒用。」海倫走過去，把湯姆斯拉了起來。

「可惜我的變身術不行，不能變小從小洞裏鑽出去，要是可以的話，我當日就不用吃過期魔藥變成這樣了。」湯姆斯垂頭喪氣地說，「喂，海倫，你可以的。你的變身術高超，可變成各種形象或大小，你可以變小從這裏鑽出去。」

「這太小了。我也不行呀。」海倫看着那個小洞，有些焦急地說，「我會變身術，但是大小

39

也都是有限度的，我變不了這麼小。」

「這下完了，出不去了，沒法吃東西了。」餓了在一邊唉聲歎氣。

「還想着吃呢，我們要困死在這裏了。」湯姆斯沒好氣地說，「就知道吃、吃、吃。」

「不吃怎麼辦？不吃會餓死的。」餓了反駁道，「我現在感到很餓了，早知道帶點漿果進來……」

「不要洩氣，會有辦法的。」海倫說道，「冷靜，沉住氣。」

湯姆斯和餓了都不說話。海倫在石牆走來走去，不時向外面看着，外面的天色也漸漸暗了下來，海倫透過那個小洞，幾乎看不清外面了。

這時，外面又有什麼聲音傳來，湯姆斯立即站了起來，餓了也緊張起來。

「喂，給你們時間了，想好了沒有？」蓋魯的聲音再次傳來，「我說的那些還記得吧？魔法警察部有什麼計劃對付我們，現在告訴我吧！」

「就不告訴你——」湯姆斯大喊起來。

「你別做夢了。」海倫說道。

「等一等——」餓了跳起來，對海倫和湯姆斯擺擺手，牠踮着腳，「把這個石牆打開，我來告訴你，你想知道什麼就和你說什麼。」

「誰呀？那隻刺蝟嗎？」蓋魯說道，「你能知道什麼？你就是一隻刺蝟。」

「打開石牆就告訴你呀。」餓了搖頭晃腦說。

「先告訴我！」蓋魯馬上說。

「先打開石牆，否則不說。」餓了提高聲音。

「先告訴我！」蓋魯很是兇狠地說，「否則就不打開！」

「這蠢貨，居然不上當。」餓了這下徹底喪氣了，牠看看海倫和湯姆斯，指着外面，「我能告訴他什麼呀，我連他的問題是什麼都不知道，我就想騙它開門吃點漿果……」

「你還想騙他。」湯姆斯嘲弄地說。

海倫在一邊，一直沒說話，她很着急，暗自想着辦法。時間，她需要一些時間，她絕對不會讓自己和同伴困在這裏。

「你們真是不把我放在眼裏呀。」蓋魯的喊聲傳來，「那就讓你們知道我的厲害。」

說着，外面有個聲音傳來，小洞那裏投射進來的一點點光也沒有了。

「悶死你們！」蓋魯歇斯底里的聲音傳來。

「這是要……」餓了疑惑地說，牠摸着黑，完全看不到海倫和湯姆斯在哪裏。

「它堵住小洞了，那也是我們的出氣口！」湯姆斯說着打亮了一枚亮光球，海倫的亮光球被壓扁了，湯姆斯的這枚沒有海倫的明亮，但也照亮了整個空間。

「你這是要我們在明亮的環境下死去嗎？」餓了着急了，「喂，想想辦法呀，你們不都是魔法師嗎？」

「少說幾句吧，每說一句就消耗一些氧氣。」湯姆斯說。

「啊？」餓了，隨即猛地捂上了嘴。

的確，他們都感到呼吸沉重起來，又過了一會，明顯的氧氣不足他們也感覺到了。海倫和湯姆斯都開始大口地呼吸，餓了痛苦地躺在地上，動也不敢動，牠感到透不過氣了。

又有幾分鐘過去，海倫的呼吸急促，眼睛開始花了。懸浮在石壁頂部的亮光球的亮度都開始減弱了，還一閃一閃的，似乎就要熄滅一樣。難怪，亮光球發的光是使用者用魔力維持的，而此時的湯姆斯躺在青石板上，眼睛都閉了起來，沒有氣力去維持那光亮了。

「救命，救我⋯⋯們⋯⋯」餓了開始呻吟，但聲音越來越小了。

第四章

求助

「咣——」的一聲，這聲音是從外面傳來的，隨即，一股新鮮空氣猛地從外面吹了進來。半昏迷狀態的海倫他們就像是飢餓了幾天的人看到豐盛食物似的，貪婪、大口地呼吸起來。

沒過幾分鐘，海倫他們漸漸地恢復了過來，湯姆斯的呼吸開始平和，餓了也爬了起來，山洞裏的氧氣非常充裕。

「怎麼樣呀？」外面，蓋魯的聲音傳了進來，「都告訴我吧，你們知不知道我們『巨魔雷頓』在什麼地方……」

「不說——」海倫突然大喊一聲。

「一開開門就告訴你，這次不騙你了。」餓了說，「我知道巨魔雷頓不在火星……」

「它還不在月球呢！」蓋魯怒氣沖沖地說，「你們還是不說是吧……小刺蝟還想騙我……」

「我早晚抓住雷頓！」湯姆斯說，「這你放心好了。」

「好，你們屬害。」蓋魯忽然不那麼囂張了，「缺氧的滋味你們也嘗試了，我明天早上過來，如果還不肯說，我可不客氣，堵上小洞就不再打開，你們全都要悶死！」

很快，外面就安靜了。山洞裏，亮光球的亮度也將整個空間照射得如同白晝。

「它走了。」海倫說道，「我們確實要想辦法出去，無臉魔明早會對我們下毒手的。」

「啊，我不想死，我還沒吃夠呢。」餓了嚇得叫了起來，「要麼我們亂編些什麼它想要的，騙它開這堵牆。」

「別想了，它們會核實的。」湯姆斯擺擺手，「它們可沒那麼好騙的。」

「那怎麼辦？」餓了跳着腳說，「我們要完蛋了！我連晚飯都沒吃，啊，還有午飯也沒吃！」

「我看你這樣子，不用明天上午被悶死，就先餓死了。」湯姆斯嘲諷地說。

「啊，太對了。」餓了跳了起來，「悶死之前我要先吃飽，那個什麼蓋魯，給我塞一百個漿果進來，五百個也可以⋯⋯」

「真是做夢，你以為無臉魔能給你送吃的來？」湯姆斯說，「我口袋裏有口香糖你吃不吃？」

「那怎麼能吃飽？越嚼越餓。」餓了開始在地上轉圈了，「對了！那個，那個什麼費拉米多少世，給我送點漿果來呀──」

「別喊了，吵死了。」湯姆斯沒好氣地說。

海倫的手摸向口袋，忽然，她掏出了一枚資訊球，這就是無臉魔誘使他們上當的那枚資訊球。

「沒用的。」湯姆斯看了看海倫手上的資訊球，「我已經想過了，有這枚資訊球，也飛不到春天鎮，更飛不到倫敦去。我們這裏最近的魔

法師聯合會就在紐卡素市，春天鎮的距離也差不多，可是它們都距離這有幾十公里，這枚資訊球曾被使用過，餘下的能量最多讓它再飛一公里，它飛不出這個山谷，傳遞不了我們的資訊。」

「魔法師聯合會當然收不到，但是大鼠仙能收到！」海倫有些激動地說，「大鼠仙就在對面山上，距離我們這裏大概一公里！」

「費拉米多少世能來救我們？」餓了眨眨眼，也有些激動地問。

「當然，大鼠仙一直是幫助魔法師的。不僅僅是費拉米120世，所有都是。」海倫比畫着說。

「好像是費拉米130世。」湯姆斯糾正地說，「怎麼傳遞給他呢？」

「資訊球兩種傳遞方式，例如你和我之間，固定的，資訊球可以來回傳遞消息；第二種是不固定的，需要知道對方詳盡位置，我們讓這資訊球飛到這個位置的區域，資訊球會準確找到對

方。」海倫解釋說，「現在就是第二種方式了，我知道大鼠仙的山洞就在對面山頂下一百米的地方，資訊球飛過去就能自己找到大鼠仙。」

「我大概知道這個辦法，但是目測到達對面山體，好像剛好有一公里，就怕資訊球差個幾十米飛不到。」湯姆斯擔憂地說。

「只好試一試了。」海倫揞着資訊球，充滿希望地看着這枚小球，「這應該是我們唯一的機會了。」

「那一定要試一試。」湯姆斯說着衝到石牆的小洞洞口，向外看着。

外面，一輪滿月將地面照得清晰，湯姆斯看到了對面山體，他算着大山中線位置，隨後是山頂向下一百米的地方，看到那裏的一大片樹林和灌木。

「海倫，我基本可以看清大鼠仙的山洞，你可以開啟夜視眼看看。」湯姆斯說道，「資訊球絕對能從這個洞飛出去。」

「現在就聯繫大鼠仙，他應該在睡覺，大鼠仙最喜歡睡覺了。」海倫拿着資訊球，走到石牆前。

海倫先是從小洞向外看了看，隨後把資訊球拿在手中，用力捏了一下，施以魔力，資訊球忽然散發出綠色的熒光。

「費拉米一百……多世，我們下午見過，我們現在被無臉魔困在你對面山腳的山洞裏，請速來救援，山洞前有一棵藍葉樹。來時注意無臉魔，它們在附近。」海倫對着資訊球唸道。

很快，海倫唸出的話轉化成了文字，懸浮着、繞着資訊球開始轉圈。

「把它送出去，大鼠仙看到就會來救我們。」海倫說着把資訊球舉了起來，要投射出去，「對面山上只有大鼠仙能散發出魔怪反應，資訊球找到它不難。」

「等一下。」餓了突然叫停，忽然，牠閉着眼睛，咬着牙齒，猛地抓住自己腰部的兩根刺，「啊——」

餓了從腰部拔下來兩根刺，牠齜着牙，隨後把這兩根刺遞給了海倫。

「那個胖狐狸很懶，就喜歡睡覺。資訊球飛過去砸到他後會掉在地上，他根本醒不來；等他看見資訊，我們都被悶死了。把兩根刺插在球上，用刺插他一下，他就會醒了。」

「啊，好辦法！」湯姆斯很興奮地說，「餓了，關鍵時候還很能出力呀！」

「是呀，我不簡單啊。每一根刺都很寶貴。」餓了搖頭晃腦地說。

　　　　海倫施展魔力，在資訊球兩邊
各黏住一根刺。她又看了看外面，把
資訊球放在洞口，隨後猛地一推。

　　資訊球像是一根射出的箭，從小洞直直地飛
了出去，資訊球飛到外面，隨後開始拉高，在空
中懸停了不到一秒，隨後向對面山體飛去，從遠
處看，資訊球就像是夏夜中一隻起舞的螢火蟲。

　　「接下來就看大鼠仙了。」海倫看着外面，
隱約看見資訊球遠去，她轉過身子說道。

「希望他快點來，我在這裏可待夠了，我晚飯都沒吃，現在都快要早上了。」餓了摸了摸肚皮，不高興地說道。

他們三個各自找地方坐下，山洞裏又陷入一片寂靜之中，懸浮着的亮光球的亮度暗了很多，這是湯姆斯調節的，他不想耗費太多能量在上面。

其實他們三個都是擔心的，萬一資訊球飛不到大鼠仙的山洞，萬一大鼠仙被插一下也沒有在意資訊球的求救，那麼未來就有很大問題了。此時大鼠仙是他們唯一的希望了。

也不知道過了多長時間，大鼠仙並沒有來。餓了算着時間，如果大鼠仙收到資訊球，早就應該到了。餓了此時不耐煩起來，開始在地上走來走去。

「我說，你不要走來走去的，我看着眼暈。」湯姆斯垂頭喪氣地說，「這樣會消耗能量，你也說了，沒吃晚飯。」

「還要這些能量幹什麼？」餓了沒好氣地說，「我悶死後會被無臉魔吃掉，我這是減肥呢，省得它吃我時我還那麼胖，現在能瘦多少算

多少。」

「哎，大鼠仙怎麼會沒收到資訊球呢。」湯姆斯唉聲歎氣地說。

「完啦，這下徹底完了。」餓了說着開始低着頭，在地上找來找去的。

「你找什麼呢？」海倫奇怪地問道。

「我找一塊石頭，我把石頭吃下去。等到無臉魔吃我的時候，硌它的牙。」餓了邊說邊找，「這是我最後的倔強。」

「唉……」海倫歎了一口氣。

「是誰？誰用刺插我——」一個聲音從外面傳來，這是大鼠仙的聲音。

「來了！」海倫驚叫一聲，立即撲向石牆。

「痛死我了，我正在睡覺呢。」大鼠仙不高興地說，「你們就這麼對待我費拉米125世，憂傷谷中真正的大王嗎？」

餓了和湯姆斯也立即撲向石牆，他們非常興奮，他們覺得這下可有救了。

「費拉米……一百……先生……」海倫努力想着費拉米是多少世，但也沒想起來，她顧不得這些，「外面有無臉魔，你聲音不要太大。」

「它在兩百米外的一個山洞睡覺呢，我都偵查了。」大鼠仙說，「快說，是誰插我的？為什麼資訊球上有刺？」

「大鼠仙，真是對不起，我鄭重道歉。」餓了跳着腳說，「都是我的主意，怕你睡覺時不知道資訊球飛來了，所以就想刺激你一下，我還損失了兩根刺呢！我好懷念兩根刺，它們好嗎？」

「我就知道是你，插我的是刺蝟的刺。你出來我就拔光你的刺，我正做夢狠揍一隻不聽話的刺蝟呢……」大鼠仙一直氣呼呼，「還有，那個孩子，你一定也積極參與用刺插我的行動，還有你姐姐，其實我知道，你們全部都有參與……」

「我們已經道歉了，大鼠仙……先生，我也很抱歉，可是我們實在是沒辦法呀，你就原諒我們吧。」海倫懇求起來。

「我道歉，我道歉。」湯姆斯說，「可是我要聲明，我不是海倫的弟弟，我只是不小心把自己變小了，變不回來。」

「嗯，這還差不多，這件事先不說。還有，我是費拉米125世，不是一百多世，記住，是125！」大鼠仙剛剛緩和一點，又暴躁地說。

「記住了，125，費拉米125世。」湯姆斯說道，「湯姆斯一世向費拉米125世致意。」

「我餓了一世，向費拉米125世致意。」餓了跟著說，「你說你是這裏真正的大王，沒錯，你就是大王。」

「我……海倫……一世，向費拉米125世致意。」海倫看看湯姆斯和餓了，也說道。

「嗯，你們這麼說，我心裏舒服多了，你們要尊重老人家，尊重這裏真正的大王。」大鼠仙的語氣平和了很多。

「費拉米125世先生，我們上當了，被無臉魔給關在這裏，現在這個山洞被它們封上了一堵

石牆，只留下這麼一個小洞，我們怎麼也出不去。」海倫開始說明並哀求，「無臉魔說了，天亮後就把我們悶死在裏面，我們想到你剛好住在對面，請你幫我們出去，石牆施了魔法，怎麼也打不開。」

「年輕人就是這樣，浮躁得很，容易上當，和我這快兩百歲的就是不一樣。」大鼠仙說道，「這下你們知道了，魔怪不那麼好對付，尤其是無臉魔。我也年輕過，想當年，我也上過魔怪的當，那是我十歲那年，雪下得很大，下了一日一夜，我們這片整個被白雪包裹起來。你們也知道，憂傷谷的風景本來就很好⋯⋯」

「知道！」海倫叫了起來，「費拉米125世先生，你看看怎麼把我們救出去，要快呀⋯⋯」

第五章 好辦法

「不要打斷我，我説憂傷谷風景不錯，就是説我要看看地形呀。」大鼠仙説，「你們在裏面，石牆你們打不開；你們挖石壁，也不知道應該往那個方向挖。這麼厚的山體，萬一挖得方向不對，十天你們也挖不出去，到時候你們早就被悶死了。我在外面就不一樣了，我能看清哪裏最薄，我可是大鼠仙，挖洞是基礎本領。你們等着，只要找對地方，天亮前我就能挖進去，然後我們一起砸開石壁，我找的方向，石壁也不會很厚。」

「太謝謝了！」海倫激動地説道，「大鼠仙總是會幫助我們魔法師。」

「謝謝，費拉米125世，我記住了是125，今後也不會忘。」湯姆斯感慨地説。

「謝謝呀，我不該用刺插你，我錯了。」餓

了跟着説，「我那兩根刺還在嗎？」

湯姆斯猛地把餓了推到一邊，對餓了做了一個噤聲的動作，牠可真是不會説話。

「你們這麼説，我感到很舒服。」大鼠仙倒是沒在意和餓了計較，「這大晚上的，本來可以好好睡覺，為了救你們，我就去吧……」

「謝謝，憂傷谷的大王——」湯姆斯大大地恭維道。

「嗯，很好，我就是這裏的大王。」大鼠仙點着頭説，「你們等一會，我先去找個合適地方。」

大鼠仙説完，轉身走了。

海倫他們都激動地在山洞裏等着，等了一會，湯姆斯又開始沉不住氣，他説不知道大鼠仙查看地形怎麼樣了，怎麼還不回來。

「你不要着急呀，你一個魔法師，怎麼這麼沒有耐心呢？」餓了説着站起來，「嗯，為什麼我也焦躁起來？大鼠仙不會遇到無臉魔，被吃了

吧？」

「你才被吃了呢——」大鼠仙的聲音傳來，「你就不盼望我有好事嗎？比如說我中了頭獎，怎麼總是盼着我被吃呢？你還用刺插我……」

「費拉米125世大王，你不要和牠一般見識，我一會教訓牠。」湯姆斯走到小洞口，「找到合適挖洞的地方了嗎？」

「找是找到了。」大鼠仙説，「就在山洞的西側上方，大概三十米的地方，有一個小洞，正好容下我的身體，從那裏垂直打洞，大概天亮前能挖到你們這裏。」

「啊，那太好了，謝謝……」湯姆斯激動地説，海倫和餓了也一樣。

「先別謝。」大鼠仙説，「有個問題，挖是能挖到，但是你們還是出不來，因為我直接挖下來，只能挖一個我身體這麼闊的洞，你們用縮小魔法，估計也縮不成這麼小，所以沒法出來。要是我四面擴大地挖，估計要等到下午才能挖進

來，到時候你們早就被無臉魔悶死了。」

「啊？」湯姆斯叫了一聲。

「完啦——」餓了也叫了起來，「搞了半天還是出不去呀——」

「餓了，你倒是能出去，你比大鼠仙還小一號。」海倫說。

「不，我要和你們在一起。」餓了大喊起來。

「哇，餓了，沒想到你這麼夠義氣！」湯姆斯激動地喊道。

「你們別喊，無臉魔要是聽到怎麼辦？」海倫拉了拉湯姆斯，責怪起來。

「聽見就聽見，反正也沒希望了。」餓了說，牠看向小洞，「費拉米125世，你能不能去把無臉魔都打暈？」

「我被他們打暈還差不多。」大鼠仙說，「我感覺到了，那邊的山洞有五個無臉魔，我打一個勉強能打個平手，打五個想都不要想了。」

　　「看來在森林裏和我們交手的無臉魔全都來這裏了。」海倫想了想，「我會變身術，但是我變得最小極限，也比大鼠仙大一點；我要是把湯姆斯變小，比大鼠仙還要大，這樣大鼠仙就要邊挖邊擴大山洞，時間來不及⋯⋯」

　　「是呀。」湯姆斯說，「早知道這樣，我當時吃變身魔藥時就把自己變得和洋娃娃一樣大，就能鑽出去了。」

　　「說這些沒用，要是你當時變得和雞蛋一樣大，現在就能從小洞爬出去。」餓了比畫着說。

　　「其實⋯⋯」海倫忽然微微一笑，「大家不要擔心，我有個辦法⋯⋯」

　　「啊？你有什麼辦法？」餓了立即問道。

　　「好辦法。」海倫神秘地笑了笑，她把頭轉向了小洞，「費拉米125世，你就直接打洞下來，不要擴大⋯⋯」

　　山洞外。

　　大鼠仙向無臉魔住的山洞那邊看了看，那個

山洞在右邊，大鼠仙選擇打洞的方位就沒有考慮那邊。大鼠仙向左邊走了十多米後開始爬山，爬了二十多米。在一棵長在山體上的山毛櫸樹的下面，露出了一個很淺的山洞，洞口也不大。

大鼠仙鑽了進去，他判斷了一下方位，隨即開始挖洞。他可是這方面的行家，他雙手開挖，挖出來的泥土隨即被後腿蹬開，每一回就挖了一米多。

山洞裏，海倫他們也有了分工。夜已經深了，為了第二天能精神地對付無臉魔，他們要休息。現在，海倫守在洞口，觀察着外面，以防無臉魔半夜出來，發現挖洞的大鼠仙；餓了趴在側面的洞壁上，牠在這裏休息，大鼠仙快挖到的時候，牠就能聽到聲音；湯姆斯則在青石板上休息，三個小時後，他會去替換海倫。

亮光球的亮度已經被調到最低，山洞裏一片寂靜，現在，還聽不到大鼠仙挖洞的聲音。

山體裏有很多石塊，大鼠仙遇到大石塊，就

會改變挖掘方向，他也會魔法，能用魔法擊毀石塊再把碎石拋出，但是這樣會有很大聲響，他擔心會驚動無臉魔。所以這影響了他開挖的進度。

　　三個多小時後，湯姆斯醒了，他去替換海倫。

挖洞我可是專家啊！

「我好像聽到一些聲音了。」餓了也醒了，牠興奮地説，把耳朵貼在洞壁上。

「我覺得最多一個小時，就能挖進來了。」湯姆斯説，「海倫，你去躺一會，有事我再叫你。你的這個計劃，夠刺激……」

海倫去青石板躺着了。湯姆斯從小洞向外看了看，外面依舊是一片寂靜。

一個多小時過去了，大鼠仙並未挖進來。湯姆斯略有着急，不過此時心情沒那麼浮躁了，一直盤算着海倫提出來的計劃，這是一個根據現有情況提出來的冒險計劃，極具針對性。

已經快要接近早晨了，餓了醒了，緊緊地貼着石壁。海倫還在休息，她其實是很疲憊的。

「來了——來了——」餓了突然叫了起來，「聽到聲音了——」

海倫翻身從青石板下來，衝到石壁旁邊，耳朵貼上去聽着聲音，湯姆斯向外看了看，也很激動地走過去。

　　大鼠仙已經挖到石壁了，他拔掉了土之後，石壁露了出來，這就是阻隔他和海倫他們的石壁，而不是一塊石頭，這一點大鼠仙很清楚。

　　「噹——噹——噹——」大鼠仙按照約定的暗號，敲了三下石壁。

　　「噹——噹——噹——」海倫他們在山洞裏，回應地敲了三下，表示接收到了大鼠仙的資訊。

　　「唪——」的一聲，大鼠仙用手爪在石壁上狠狠地劃下，這個聲音和敲擊石壁不同，表示大鼠仙要用魔法破碎石壁了。

　　山洞裏，餓了和海倫立即離開石壁，並且向後退了一步。

　　大鼠仙默唸了一句魔法口訣，他的手爪立即散發出淺淺的白光，他揮拳猛擊石壁，「咣」的一聲，一大塊石頭裂開並且掉下來，大鼠仙隨即又是一擊，又一塊石頭裂開並掉下。

　　山洞裏，海倫他們揪着心，他們能聽見撞擊石塊的聲音，擔心兩百米外的無臉魔們也能聽

見。大鼠仙擊碎石塊，不可能不發出聲音，只不過這裏距離無臉魔的山洞較遠，但願他們聽不見。

石壁大概厚達一米，大鼠仙連續用魔力擊打，從山洞裏聽，聲音也越來越大了，這也說明大鼠仙距離大家越來越近了。忽然，靠近地面的石壁開始顫動，「唭嚓」一聲，一大塊石頭掉下來，隨後幾塊碎石掉下，大鼠仙的手爪露出來一隻。

海倫連忙跑過去，用手折斷那些餘下的石塊，一個碗口大小的不規則圓洞露出，大鼠仙從裏面鑽了出來，隨即，一股清風從圓洞裏吹了進來。

「好累，好累。」大鼠仙爬在地上，隨即一滾，轉身站了起來，他連連抱怨。

「謝謝，謝謝呀，費拉米125世，憂傷谷大王。」海倫很高興，連連道謝。

「無臉魔來了——」守在石牆小洞口的湯姆

斯忽然喊道，他感知到有個無臉魔在靠近，「只有一個，它們沒發現我們在挖洞。」

海倫連忙擺擺手，大鼠仙立即鑽進圓洞裏。隨即，海倫和餓了躺在青石板上，湯姆斯也躺在地上。

大概十秒後，外面有聲音傳來。大家屏着呼吸，都假裝睡覺。一個無臉魔向裏面張望了一下，看看沒什麼，隨後走了。

湯姆斯判斷着，過了兩分鐘，他坐了起來。

「好了，無臉魔走了。」

「我說，你怎麼知道無臉魔沒發現我們在挖洞呢？」餓了小心地問道。

「那當然，要是他們知道我們挖洞，就一定全部過來了。」湯姆斯說，「應該是聽到一點動靜，所以派一個過來看看情況。放心吧。」

「哇，分析判斷能力這麼強……」餓了不禁誇讚起來。

「那當然，我這都是隨便分析一下，我要是

仔細分析起來……」湯姆斯得意地説。

「……也不能把我們救出去，還是要靠費拉米125世。」餓了接過話説。

「我説，你們不要囉嗦了，下一步我是留在這裏還是去外面？」大鼠仙在一邊，不耐煩地問道。

「你去外面接應我們。」海倫看看大鼠仙，「我們要對付五個無臉魔，有點難度，必須有你配合。」

「好的，再見。」大鼠仙説着就往圓洞那裏鑽，「説實在的，你們這裏的味道不好，好像這個小男孩沒洗腳……」

「我不是小男孩，你説我沒洗腳？我還沒吃飯呢！」湯姆斯沒好氣地説，「昨天到現在，只吃了個早餐。」

「噢，你這麼一説，提醒我了。」餓了説着就躺在地上，「我餓了，我餓呀──」

大鼠仙走了。海倫把落在山洞裏的石塊全部

放到青石板後面，這樣無臉魔從小洞看進來，就不會發現有石塊在裏面而起疑心了。

　　餓了這次可是真的餓了，牠喊了一會，躺在那裏睡着了。

第六章

倖存者

外面天色開始亮了，無臉魔隨時會來。海倫和湯姆斯坐在青石板上，海倫看了看圓洞那裏，由於大鼠仙挖下來的洞是彎曲的，還拐了幾個彎，所以並沒有光照射下來，但是洞口還是能看見的。

他們靜靜地等着無臉魔的到來。不過等到天全亮了，湯姆斯收起了亮光球，它還是沒來。

「不守規矩呀，說好早上就過來，怎麼還不來？」湯姆斯有點着急。

「一定會來的，雷頓等着它們的訊問結果呢。」海倫說，「雷頓很想知道我們掌握了無臉魔多少情況……啊！來了，記得激怒它……」

外面，忽然有聲音傳來。湯姆斯跳下青石板，坐着用身體擋住了圓洞；海倫則站起來，走到石牆的小洞那裏。

「早上好呀。」無臉魔蓋魯的聲音傳來，「想好了沒有呀？最後一次機會。」

「我說。」湯姆斯立即打斷了蓋魯的話。

「哈哈，這就對了，被悶死的滋味可不好受呀，你們也領教過了。」蓋魯很是得意地說。

「好，我可說了，你不能告訴別人呀。」湯姆斯笑了笑，很是神秘。

「當然，我只會告訴我們的老大。」蓋魯連忙說，還緊張起來。

「今天早上是晴天，中午還是晴天，到了晚上仍然是晴天……」湯姆斯搖頭晃腦地說道。

「夜裏也是晴天……」餓了跟着說道。

「你、你在說什麼？誰問你天氣了？」蓋魯叫了起來。

「不問天氣，那你問風力？」湯姆斯笑着說，「風力是一級微風，接着是和緩，風向是東風轉南風，南風轉西風，西風轉北風，北風又轉……」

「你直接說是龍捲風吧。」餓了接過話說。

「哈哈哈——」湯姆斯大笑起來，海倫也跟着笑起來。

「你、你們——」蓋魯在外面，氣得發抖，「你們死到臨頭了，還敢戲弄我？」

「就戲弄你了，有本事你進來打我們呀，你進來呀，我保證不打死你。」餓了跳着腳說。

「你、你們——」蓋魯那張沒有眼睛的臉，都變成青色了，它渾身顫抖着，「我這就叫你們去死，本來我就沒想你們能說出什麼，是老大說多給你們時間的……」

「那就快動手呀！你猶豫嗎？彷徨了嗎？」餓了笑嘻嘻地喊道。捉弄、激怒蓋魯，是海倫早就布置好了的。

「咣——」的一聲，石牆上的小洞被堵死了，山洞裏頓時完全黑了下來。湯姆斯立即站起來，圓洞那裏的空氣不斷地吹進來。

「半小時後它們會打開石牆，到時候來的不

74

會是一個。」海倫走到湯姆斯身邊，小聲地說，「過一會，按計劃行動……」

海倫和湯姆斯坐在青石板上，餓了摸黑走到青石板下，他們都不敢大聲說話，因為不知道外面的無臉魔是否已經離開。

過了十多分鐘，海倫看時間差不多了，拍了拍湯姆斯，又看看餓了。大家立即行動。

幾分鐘後，外面有一陣嘈雜聲。

「差不多了，應全都死了。」蓋魯的聲音傳來。

「用偷來的照相機，拍個照片給老大看，讓老大知道他們都死了，我們也就完成任務了！」一個無臉魔的聲音傳來，它和蓋魯在交談，「人類發明的這些東西，真是不錯呀。」

「可惜問不出什麼來。」第三個無臉魔說。

「我早就說過，魔法警察不那麼好對付。」又來第四個無臉魔的聲音。

「我知道，不過能把他們騙到這個山洞裏

解決掉，也是我們獲勝。」這次是蓋魯的聲音，「奧古斯丁呢，怎麼不過來？」

「懶傢伙，還在睡，就是不肯起來。讓它睡吧，走的時候叫上它就行。」一個無臉魔說，「也只是看看幾個死了的魔法警察，我們幾個也夠了。」

「唬——」的一聲，石牆上的小洞開了，外面的強光照射進來，蓋魯向裏面看了看。

「已躺下，都死了。」蓋魯說道。

「轟隆隆——」石牆在蓋魯魔法的作用下，開始上升。

山洞裏頓時亮堂起來，四個無臉魔在洞口，伸着腦袋向裏面看着。蓋魯後面的是高、胖、矮三個無臉魔，瘦無臉魔奧古斯丁沒有來。

蓋魯第一個走進山洞，隨後，另外三個無臉魔也跟了進來。

山洞裏，海倫他們都躺着，一動不動的。

「全都死了。」蓋魯説道，「搜搜他們身上帶着什麼，也許有什麼發現，只把死的交給老大，老大也不會高興。」

「這兩個魔法警察怎麼帶着一隻刺蝟呀。」高無臉魔走到餓了身邊，用腳尖踢了踢。

沒有誰回答它，高無臉魔走到湯姆斯身邊，蹲下去，伸手去摸湯姆斯的口袋。

湯姆斯突然睜開眼，瞪着高無臉魔。高無臉魔沒有眼睛，但是能感知一切，它頓時呆住。

這一切都是海倫的計劃——先找大鼠仙挖洞，激怒無臉魔後，它們勢必關閉石牆小洞，妄圖殺害魔法警察，但是山洞裏實際不缺空氣，等

到石牆打開，無臉魔進來看結果的時候，正好是假裝被悶死的海倫他們反擊的最佳時機。

湯姆斯一把就拉住高無臉魔的手爪，用力一拉，自己站了起來，高無臉魔則重重地倒在地上。湯姆斯飛起一腳，把它踢得又飛了起來。

海倫看到湯姆斯動手，從青石板上猛地跳起來，對着走向自己的胖無臉魔就是一腳，踢了在它的頭上，胖無臉魔慘叫一聲，倒在地上。

蓋魯和矮無臉魔當即都愣住了，餓了已經縮成一團，猛地跳起來，插在矮無臉魔的身上，令它痛苦地叫起來。

蓋魯知道上當，轉身就向外跑去，它剛跑出洞口，洞口上的大鼠仙吶喊着就跳到了它的頭上，掄起雙拳，狠狠地砸了幾下。

蓋魯大叫着，眼冒金星，不過它很有搏擊手段，猛地彎腰，把大鼠仙從頭上拋了出去。蓋魯也不知道還埋伏着什麼別的魔法師，也不知道為什麼山洞裏的魔法師都沒有死，它只想着逃跑。

它向前跑了十幾米，大鼠仙從後面飛奔着追上來，猛地一撲，又撲倒了蓋魯。蓋魯在地上翻滾起來，大鼠仙又被甩在一邊：蓋魯爬起來後，再次被大鼠仙撲上，他倆打了在一起。

山洞裏，海倫對胖無臉魔連續猛擊，胖無臉魔一開始就沒有防備，面對海倫的攻擊，根本就沒有招架之力。另一邊，湯姆斯唸出了魔法口訣，雙手都變成了金屬般的暴風鐵拳，幾下就把高個子無臉魔打倒在地，失去了聲息。

餓了彈跳着，像是一個皮球一樣，落地後彈起，反覆地插矮無臉魔，矮無臉魔慌忙躲避着，一頭撞了在洞壁上，慘叫起來。餓了又彈射過來，重重地插了它一下，它捂着傷口，這次看準了洞口逃去。

打倒高無臉魔的湯姆斯看到矮無臉魔想逃，一把就拉住了它，隨後上前想把它摔倒，這時，餓了又彈射過來，湯姆斯的身體正好擋住無臉魔，餓了一下插了在湯姆斯的身上，湯姆斯痛得

叫起來，而且鬆開了手，矮無臉魔飛快地逃了出去。

「餓了——」湯姆斯喊道，「你插到我了——」

「快去追——」餓了不管這麼多，向山洞外縱身一躍，跳了出去。

湯姆斯也跟了出去，眼看着矮無臉魔鑽進山林，飛一般地跑了。

不遠處，大鼠仙正在和蓋魯對打，蓋魯把大鼠仙打倒在地，看見湯姆斯追出來，轉身就跑。湯姆斯追過去，蓋魯也消失了在山林裏。

湯姆斯又追了幾步，實在看不見蓋魯和矮無臉魔跑去哪裏了，他懊惱地站着，隨後轉身回來。

「餓了，你插我幹什麼？我又不是無臉魔。」湯姆斯氣呼呼地對走過來的餓了說。

「你擋住了我的彈射攻擊彈道，我就是瞄準那個矮無臉魔的，你擋着我幹什麼？」餓了針鋒

相對地說，「我還沒問你呢，你倒先問我了。」

「我攔不住那個嘴上有道疤的無臉魔，它很厲害。」大鼠仙走過來，無奈地攤着手說。

「就沒想你能攔住，海倫想你能拖住一會時間就行……啊，海倫還在打呢……」湯姆斯說着慌忙向山洞裏跑去。

餓了和大鼠仙連忙跟上，一起跑去山洞。海倫正在向外走，差點和湯姆斯撞在一起。

「看看你，又擋海倫的路。」餓了忙不迭地看着湯姆斯，說道。

「我……」湯姆斯皺着眉看看餓了，不過他知道這時不是爭辯的時候，他拉住海倫，「怎麼樣？」

「還能怎麼樣，死了。」海倫說，她指了指地面，果然，地上躺着兩個無臉魔，一個是被湯姆斯擊斃的高無臉魔，另一個是剛被海倫擊斃的胖無臉魔，「你們怎樣，抓住蓋魯了？」

「跑了，蓋魯和矮無臉魔都跑了。」餓了

説，「本來矮無臉魔如再被我插幾下，就會完蛋了，結果湯姆斯擋住了我⋯⋯」

「行了，不説你自己看不清。」湯姆斯説。

「兩個被打死了，兩個跑了⋯⋯」大鼠仙看着地上的兩個無臉魔，「好像還有一個，你們不是説一共有五個嗎？」

「啊，是五個！剛才聽它們説話，有一個在山洞裏睡覺呢，沒有過來。」海倫猛地想起來，興奮地説，「應該是那個瘦無臉魔，好像叫奧古斯丁。」

「費拉米125世，無臉魔的山洞在哪裏呀？帶我們去。」湯姆斯説，「不過聽到我們打鬥，應該早就跑了。」

「要是還在睡覺呢？」海倫説道，招招手，「我們去把它抓住，很多事情要問它呢！」

大鼠仙向前走去，海倫他們連忙跟上。不過走了十多米，海倫突然叫大家停下。

「如果那個無臉魔還在裏面，我們這麼多

人，抓住它一個是完全沒有問題的。但是抓住它後，它要是不合作，不肯說出雷頓的事情，那也很麻煩，我需要核實很多事情。」海倫說道。

「啊，有道理。」餓了說，「可是該怎麼辦？」

「變身，變身對象無臉魔……」海倫說出一句魔法口訣。

「唰」的一下，海倫變成了無臉魔的樣子，她的嘴角，還有一道傷疤。

「哇，你去套它的話。」湯姆斯很是興奮，「好辦法。」

「你們找個地方等著，我進去，問出原由，就把它抓住，送到魔法師聯合會。」

關鍵人物

高無臉魔、
胖無臉魔、矮無臉魔

與肆虐春天鎮的皮爾遜屬同一類型的魔怪。臉上只有一張嘴，嗅覺、聲音和圖像全憑魔法感知。名字不詳，暫時只能靠身形來辨認。

無臉魔　蓋魯

無臉魔羣組之一員，特徵是嘴角有傷疤。從它的行動積極性，以及其他同夥對它的態度來看，它應該是幾個無臉魔之中，地位最高的。

關鍵證物

亮光球

魔法師常用的照明工具。使用者需要視乎情況，用魔力來維持和調整亮度。缺點是硬度不高，被重擊或擠壓後容易碎裂。

第七章 新目標亞伯丁

　　湯姆斯和餓了、大鼠仙躲到了無臉魔山洞旁不遠的一棵樹後，海倫按照大鼠仙的指向，找到了那個山洞。

　　海倫在洞口做了一個深呼吸，看了看自己變成無臉魔的身體，走進了山洞。

　　海倫很高興，瘦無臉魔還在那裏，它躺在一堆樹葉裏，背對着海倫，應該還在睡覺。

　　海倫走過去，用腳尖踢了踢瘦無臉魔。

　　「啊，是蓋魯。」瘦無臉魔醒了，它雙眼迷離，「你們……那幾個魔法警察都死了吧？」

　　「全都悶死了，唉，什麼也不肯說，還嘲弄我。」海倫説道，「只能告訴老大他們都死了，我們也算完成任務了。」

　　「那我們什麼時候走呢？」瘦無臉魔已經坐了起來，「嗯，它們幾個呢？」

「它們在挖坑，把魔法警察給埋了。」海倫說，「剛才我走出那個山洞的時候，摔倒了，腦袋撞在地上，痛死我了，它們就讓我先回來休息……我這個頭，現在暈呀，我都忘記你叫什麼名字了。」

「哈哈哈，蓋魯，我叫奧古斯丁呀。」瘦無臉魔笑了起來，不過很快守住笑容說，「蓋魯，你好點了嗎？」海倫一直判斷，蓋魯是這五個無臉魔中地位最高的。

「嗯，奧古斯丁，我還是有點暈，記憶力都差了。」海倫說，「我們具體是怎麼發現魔法警察的？為什麼在春天鎮外跟蹤上那幾個魔法警察？」

「蓋魯，你還好吧？」奧古斯丁關切地問，「這你都記不起來了？好像這些都是老大交代給你的吧？」

「我是確認一下，當然，我確實頭暈。」海倫想了想，「老大那邊，要我交一份詳盡的行動

報告，我要和你們確認清楚。」

「現在還要寫報告了？」奧古斯丁聳聳肩，「好吧，寫吧……一切資訊都是皮爾遜提供的，兩個魔法警察當時在春天鎮抓住附體在鎮長身體裏的皮爾遜後，把它押送到魔法師聯合會。皮爾遜趁魔法師們不備，給老大雷頓發送了一個資訊球，它是用魔咒把資訊放到球裏的。老大知道皮爾遜被抓，而且還是魔法警察抓的，就讓你帶我們來，埋伏在小鎮南面前往倫敦的森林裏，因為老大判斷魔法警察完成任務一定從那裏回去。而且老大還知道魔法警察特別能打，所以命令我們假裝被擊斃並變成灰燼，留下資訊球，把魔法警察引到我們事先布置好的山洞裏。山洞前的藍葉樹也是我們染色的……結果魔法警察果然上當了，被關進山洞裏了。」

「噢，原來是這樣……嗯，我的腦袋還是有點暈。」海倫說着摸了摸頭，「那麼，我們的老大──雷頓，它在什麼地方呢？我真的很想念它

呢，我的這份工作報告，還要交給它呢！」

「好像是在亞伯丁。」奧古斯丁說，「反正是在北方，我們當時在曼徹斯特接到老大發過來的資訊球時，我看見是從北方飛來的。」

「啊，在亞伯丁嗎？具體什麼地方呢？我真想快點見到老大雷頓呀，我想聽到那熟悉的聲音，我想和它一起喝點咖啡……不，喝點血，就像從前那樣……」

「從前那樣？」奧古斯丁疑惑地看着海倫，「蓋魯，你見過老大嗎？不可能吧，我們這十個『小無臉魔』都沒有見過老大呀，更沒有在它身邊呀，我們之間從來都是靠資訊球交流的。我們和老大建立聯繫，是靠一個叫希爾斯的『中無臉魔』，但現在這個希爾斯早就不見了，這些你都忘了嗎？」

「我、我沒忘，我就是頭暈，以為只有春天鎮被抓住的那個皮爾遜沒見過雷頓，原來我們都沒見過雷頓，只靠資訊球聯繫呀……」

異域搜查師

「那當然！老大害過一百多人，魔法師們到處都在抓它，它不可能輕易顯身的，哪怕是我們，也不能見到它。萬一魔法師跟着我們找到它，這可是老大一定要防範的⋯⋯」

「啊呀呀，我這個腦子呀。」海倫用力敲着頭，「我撞得健忘了，而且很嚴重呀。」

「可是我覺得你很怪呀，不僅僅是被撞了一下的原因吧？」奧古斯丁說道，隨後，它很是嚴厲地看着海倫。

海倫立即緊張起來，她覺得奧古斯丁一定是看破自己是偽裝的了，頓時做好了應戰準備。

你很怪呀⋯⋯

我被看破了？

「我覺得……」奧古斯丁瞪着海倫，「你一定被撞了兩下！」

「啊？」海倫一愣。

「絕對是兩下，否則不會健忘成這樣。」奧古斯丁認真地說，「你再想一想，只撞一下不會這樣的……」

「啊！有可能，我都記不得了。」海倫連忙說，頓時放鬆下來，「也有可能是三下呢。」

你不是撞了一下！是兩下！

嚇死我了……

「嗯，就是，也許是三下。」奧古斯丁說。

「所以我記不太清了，哎，不過我確實想見老大雷頓。」海倫繼續說，「你說老大在亞伯

丁，為什麼這麼確認呢？你不也沒有見過老大嗎？是誰和你說的嗎？老大在亞伯丁的什麼地方呢？」

「噢，問得可真詳細呀。」奧古斯丁說，它又認真起來，「為什麼這麼關心老大在不在亞伯丁呢？難道也是因為你腦袋撞了兩下嗎？可是這和老大具體在什麼地方沒聯繫呀！」

氣氛當即又緊張起來，山洞裏的空氣都像是凝固住了一樣，奧古斯丁的目光犀利地盯着海倫，海倫感覺它又發現了什麼，也許自己問得太過明顯，造成奧古斯丁對自己的懷疑。

「為什麼不是愛丁堡呢？愛丁堡也在北方呀，你難道歧視愛丁堡嗎？」奧古斯丁比畫着說，「在我成為魔怪之前，我表哥的姨丈家鄰居的三舅父的表哥就是愛丁堡人，聽說那是一個美麗的城市。」

「啊，是這樣呀。我怎麼會歧視愛丁堡呢？」海倫硬擠着笑容，她又鬆了一口氣，「我

很喜歡愛丁堡呢，可惜我們的老大雷頓不在愛丁堡！」

「嗯，這就對了，我們的老大想去哪裏就去哪裏……」奧古斯丁滿意地說。

「可是，北方這麼多城市，這麼廣大，你為什麼說老大在亞伯丁呢？」海倫這次小心地問。

「能力呀，這是我的能力，否則我怎麼會被選中成為大無臉魔的手下『小無臉魔』呢？」奧古斯丁得意洋洋地說，「我看到了那枚老大傳送過來的資訊球的運行方向，也從資訊球飛行時和空氣的摩擦溫度，知道那是從亞伯丁飛來的，比如攝氏20度的，代表飛行了100公里；攝氏22度的，飛行了150公里，而且資訊球飛行都是直線，我憑這個判斷出雷頓老大在亞伯丁的，當然具體在亞伯丁的哪裏，這我可判斷不出來，因為距離實在太遠了。」

「噢，真是屬害呀，你有這個本事。」海倫誇讚地說，「真是沒想到呀……」

「想是想不到，但是這些我都和你說過呀。」奧古斯丁說，「你可能是忘了，但是你現在明顯對老大在什麼地方這麼感興趣，你真實的身分可讓我懷疑呀。」

「啊？」海倫一驚，「懷疑我嗎？」

「對呀。」奧古斯丁說，「你一來就問這問那的，尤其是關心老大的具體方位，是不是想帶魔法警察去抓老大呀？你是魔法警察派來的吧？」

「你……」海倫有點不知所措，她不知道現在應否顯出原身，隨後抓住這個奧古斯丁。

「哈哈哈！看看你，你覺得我會相信你是魔法警察派來的嗎？你覺得魔法警察會這麼明顯、不加掩飾地套我的話嗎？」奧古斯丁推了海倫一下，「蓋魯，你太緊張了，我是不會相信你是魔法警察派來的，一點也不相信！」

「你還是相信一下吧。」海倫說，「奧古斯丁，看來我從你這裏也問不出什麼了吧？」

「你還想問什麼呢？老大在亞伯丁什麼地方，我真不知道。」奧古斯丁搖頭晃腦地說。

海倫唸了一句魔法口訣，變回了原身。奧古斯丁當場就愣住了。

「我說，你還是相信吧，我不是魔法警察派來的，我本身就是魔法警察⋯⋯」海倫嘲弄地說。

奧古斯丁猛地推了海倫一把，轉身就慌忙跑出山洞，剛出洞口沒幾米，藏在樹後的湯姆斯就衝出來，大鼠仙和餓了堵住了它往兩邊跑的道路。湯姆斯上前，一拳就打翻了奧古斯丁，海倫追出來，掏出捆妖繩，捆住了奧古斯丁。

「我、我和你說得是不是太多了？」奧古斯丁愁眉苦臉地說，「我上你的當了。」

「不算很多，最關鍵的你也不知道。」海倫說着就把奧古斯丁往山洞裏拉，「接下來你要去魔法師聯合會那裏，說說自己是怎麼變成無臉魔的，不過對這些我們暫時不太感興趣。」

　　奧古斯丁被押進山洞，海倫看了看裏面的情況，即使奧古斯丁掙脫捆妖繩，也要從洞口跑出山洞。海倫站在洞口前，把奧古斯丁説的那些話複述了給大家。

　　「我説我們的行蹤怎麼會被雷頓知道，原來是那個皮爾遜用資訊球通知了它。」湯姆斯説，「這些無臉魔可真狡猾！」

　　「我們下面該怎麼辦？這才是最重要的。」餓了環視着大家，牠嘴裏吃着剛剛採集下來的漿果。

　　「去亞伯丁，抓那個雷頓！把它抓住，異域的亂象就能平息了！」海倫説道。

　　「怎麼抓呢？」湯姆斯説，「亞伯丁那麼大，雷頓藏在什麼地方都不知道。」

　　「我想這樣試試。」海倫看看大鼠仙，「費拉米125世，我們傳送給你的資訊球還在吧？」

　　「在，就在我的山洞裏。」大鼠仙激動起來説，「想想我就生氣，你們用刺插我……」

「事出有因，事出有因。」海倫連忙擺擺手，「我們要確保你能馬上看到資訊。」

「嗯，我原諒你們吧！不過想想我就生氣，別讓我再想起來……」大鼠仙還是很激動。

「如果到了亞伯丁，我們給資訊球一些動力，把它拋上天，也許它能去找雷頓，因為這可是無臉魔的資訊球呀，我知道它飛不了多遠，但是飛個幾十米，給我們指明一個具體方向也可以呀。」海倫說，「在這裏，這個資訊球都飛不過希爾山的山頂，但是我們到了亞伯丁再放飛它，它飛幾十米就能引出方向，那我們距離雷頓可就更近了。」

「可以呀，那麼我們就去亞伯丁呀。」湯姆斯明顯很興奮，「這是直搗雷頓的老巢，去活捉它！」

「一抓住它，我就刺，刺，刺──」餓了邊吃漿果，邊抖着身上的長刺，說道。

第八章 新敵人突襲

「噢，我不能和你們去了，我太老了，去不了那麼遠的地方，我會在這裏為你們加油。」大鼠仙說，「你們一定能抓到那個什麼無臉魔大頭目。」

「我們已經非常謝謝你了，費拉米125世，是你救了我們的。」海倫感激地說，「其實我們也沒辦法帶你去，這是我們蘇格蘭場魔法警察部的事，就連餓了的加入，我們也要向總部提請報告，正式批覆還沒有下來呢。」

「總部會接納我的，不接納我就是你們幾十年來遭到的最大損失，我的威力現在只爆發了一點點，我全部能量的萬分之一都沒有展現出來呢。」餓了看着大家，說完吐了一個果核。

「這……我們相信。」海倫說。

「我更相信你的胃口，吃得比我都多。」湯

姆斯跟着説。

「説得你好像不吃飯一樣。」餓了説着把手裏的那一根灌木枝揚了起來，上面的果實已經被牠吃得差不多了，「剛才你不是也吃了很多嗎？」

「好了，好了，我也要吃一些。」海倫連忙擺擺手，「那就這樣，先去費拉米125世那裏拿資訊球，然後我們就去亞伯丁⋯⋯我想，我們還是可以化身成無臉魔的樣子，這樣接近雷頓，它不會起疑心，就像我剛才對付裏面那個奧古斯丁一樣。」

「雷頓不是不會和小無臉魔見面的嗎？」大鼠仙問道，「它很注意保護自己呢。」

「嗯，我們如果找到雷頓，就是要用無臉魔的身分接近它，如果是本來的樣子，會更讓它恐慌和排斥；如果我們假裝無臉魔，説我們有緊急事情要找到它，才有一點機會讓它放鬆，我們再趁機抓住它。否則即使發現它，一靠近，它就跑

了。」海倫說出了自己的想法。

「有道理，有道理。」湯姆斯連連點頭，「這個雷頓一定更難對付，先靠近它，也許還能套出些話，而且能出其不意地抓住它。」

「我還是扮演蓋魯。」海倫說道，她看看湯姆斯，「湯姆斯，我可以把你變身為奧古斯丁，這些小無臉魔沒見過雷頓，不代表雷頓沒見過它們，也許雷頓暗中觀察過它們呢。」

「是，有可能。」大鼠仙也看看湯姆斯，他笑了笑，「湯姆斯，你扮演奧古斯丁比較合適，我剛才看見它了，它的嘴和你的嘴長得很像呀。」

「啊，它臉上就這麼一個器官，還說和我長得很像！」湯姆斯很不高興地說道。

海倫和大家商議，做了去亞伯丁的決議。她和大鼠仙走到山洞裏，把奧古斯丁帶了出來，大家要去大鼠仙那裏拿資訊球，隨後和紐卡素市的魔法師聯合會聯繫，叫他們派人來帶走奧古斯

丁。這次的五個無臉魔，跑掉了兩個，擊斃了兩個，活捉了這個奧古斯丁。

奧古斯丁被押出山洞，驚慌地看着眾人。

「你、你們要幹什麼？是老大雷頓派我們來的，我本身沒想對你們怎麼樣……」

「走！」海倫推了推奧古斯丁，「一會把你交給魔法師聯合會，你有什麼話，對他們說吧！」

「喂，我說海倫，你現在就照着這個奧古斯丁的樣子，把湯姆斯變一下吧，省得被魔法師聯合會帶走了，你就忘了它長什麼樣了。」餓了忽然說道。

「嗯，你這麼說還真有道理。」湯姆斯點點頭，「餓了，你偶爾也能貢獻好主意。」

海倫也很贊同，她繞着奧古斯丁轉了一圈，隨後對着湯姆斯唸了一句魔法口訣，湯姆斯變成了奧古斯丁的樣子。

「大家好，我是奧古斯丁，我是一個無恥的

無臉魔。」湯姆斯開始模仿奧古斯丁說話。

「為什麼學我說話呀？」奧古斯丁疑惑地看着湯姆斯，「版權所有，仿冒必究！」

海倫推了它一把，大家一起向前走去。湯姆斯跟在奧古斯丁身後，學起了它怎麼走路。

他們穿過憂傷谷的谷底，海倫向後看了看，那就是諾蘭山森林，困住自己的山洞就在那裏，好在現在已經脫險了。

大鼠仙一直走在最前面，此時他們還在憂傷谷的谷底前行，不過就要到前面的山了。

忽然，大鼠仙站住了，一隻狐狸從旁邊的灌木叢閃了出來。那隻狐狸走到大鼠仙身邊，大鼠仙蹭了蹭狐狸的身體，狐狸隨後就躺在地上，興奮地翻滾了幾下。大鼠仙用手爪拍了拍狐狸，狐狸站了起來，晃了晃頭，有些依依不捨地走了。

　　「哦，費拉米125世，這隻狐狸是你養的寵物嗎？」海倫問道，「好像很聽你的話呀。」

　　「不是，就是一隻狐狸，這樣的狐狸，這附近的山林有一百多隻。」大鼠仙說，「牠們的祖先我都認識，還有其他動物，什麼鹿呀，山豬、松鼠、羊、猴子、穿山甲、狼，還有那些鳥，我也都認識，牠們都尊重我。」

　　「你認識這麼多動物？」海倫有些驚異，「好像這個山谷裏看不見這麼多動物。」

　　「那當然，這麼多動物不可能都聚集在這個山谷裏呀，牠們都在這片森林生活，大部分晚上才出來活動。」大鼠仙說，「你們知道這裏為什麼叫憂傷谷吧？不過這是人類以前的叫法，現在

沿用下來了。其實動物進入這裏也不易走出去，也經常受困，是我在這裏打通了幾條道路，現在進到山谷的動物完全不會迷路了，所以牠們都很感激我。」

「原來如此。」海倫點點頭，「難怪你說自己是這裏真正的大王。」

「哈哈，我太不謙虛了？」大鼠仙笑着說。

他們很快就穿越了谷底，隨後開始上山，大鼠仙的山洞快臨近山頂。

無臉魔奧古斯丁一路跟着他們，開始爬山後，突然開始哀求。

「⋯⋯我說，不要把我送去魔法師聯合會，放了我吧。」奧古斯丁說着看看跟在身後的湯姆斯，湯姆斯看上去跟自己一模一樣，「我親愛的孿生兄弟，看在兄弟情分上，你就把我放了吧⋯⋯」

「誰和你是兄弟？我只是在模仿你。」湯姆斯說，「你快走。」

「那就看在模仿的情分上，你說你怎麼不模仿別人呢？你還是很看重我的，所以才模仿我吧？」奧古斯丁依然喋喋不休地說。

「快走，你的話怎麼這麼多？餓了說的話就夠多，就夠煩的了，怎麼你的話還這麼多……」湯姆斯很不耐煩地說。

「不要什麼事都扯上我。」餓了說着鑽進一堆落葉，隨後又鑽了出來。

大鼠仙在最前面，給大家帶路，這一帶每一棵樹他都熟悉，他在這裏生活了快兩百年了。

忽然，一行人的身邊，有窸窸窣窣的聲音傳來。海倫感覺到有什麼不對，突然站住了。

湯姆斯也感到有什麼不對，他感覺頭頂上方有什麼動靜，抬頭向上看去。

「呼——呼——呼——呼——」，一大片陰影遮住了地面，緊接着，從樹上跳下來幾個黑影，其中兩個一下就把海倫推倒在地，隨後牢牢地按着。另外兩個黑影把湯姆斯按住，還有兩個把奧

古斯丁按住。奧古斯丁感到很奇怪，它已經被捆住了，不知道為何又被按住，按住它的像是鷹爪，它感覺鷹爪都嵌進自己的身體裏了。

海倫和湯姆斯也是一樣，他們掙扎着想擺脫，但是對方力氣實在太大，根本就無法擺脫。

大鼠仙連忙逃跑，但是一隻鷹爪一下就按住了他，大鼠仙一動也不能動，只能在哪裏喊叫。餓了看到這個形勢，鑽進一堆樹葉裏。

海倫放棄了掙扎，她扭頭看上去，看清楚了是誰按着自己。原來是兩個鷹頭人身的魔怪，它們的手爪和腳爪也都是鷹爪，此時死死地鉗着她。這兩個鷹頭人身魔怪的後背上，都長着長長的翅膀。

「鷹頭怪？」海倫很吃驚，鷹頭怪是一種很屬害的魔怪。

「不要亂動，你們跑不掉的！」按着海倫的一個鷹頭怪說道。

「老大，尊敬的塞布先生！我當初是反對

殺你弟弟的，所以被這個無臉魔和它的巫師朋友
給抓住了！」奧古斯丁一陣緊張後，也看清了鷹
頭人身魔怪的面貌，它忽然向着全身烏黑色羽毛
的鷹頭怪大喊起來，「放了我呀，我是向着你們
的！」

「嗯？」烏黑羽毛的鷹頭怪老大，就是塞
布，它先愣了一下，看看奧古斯丁，「你是向着
我們的？」

「你自己看呀，我本來就是被捆着的。」奧
古斯丁大喊，「我要是不向着你們，為什麼會被
這個害死你弟弟的無臉魔捆住？」

海倫和湯姆斯此時一頭霧水，不知道它們到
底在說什麼。

「鬆開他，把繩子也解開！」塞布看着兩個
鉗押着奧古斯丁的手下，說道。

兩個鷹頭怪鬆開了奧古斯丁，隨後，用鋒
利的鷹嘴咬住捆妖繩，用力一扯，捆妖繩頓時斷
了。

「謝謝，謝謝老大，尊敬的塞布先生。」奧古斯丁活動着身子，走向塞布説，「我真是向着你們的，你聽我把事情詳細説清楚……」

「奧古斯丁，你在搞什麼？我才不是無臉魔呀！」湯姆斯説道。

「塞布老大，你看那邊，雷頓好像正飛來了——」奧古斯丁忽然指着山上，慌張地説。

塞布它們全都驚呆了，一起向山上看去。

奧古斯丁趁機轉身就向山下跑去，轉眼就鑽進了山林裏。塞布它們發現山上並沒有什麼動靜，轉過頭來，奧古斯丁早就不見了蹤影。

「哇！老大，我們是不是上當了？那個無臉魔跑了！」一個鷹頭怪叫喊起來。

「跑就跑了吧，下次一定能抓到它。」塞布説着，看了看湯姆斯。

「老大，那個無臉魔跑了，但它的雙胞胎兄弟還在。」一個鷹頭怪死死地鉗着湯姆斯，説道。

「全都捆起來看管好！」塞布立即下令。

隨即，塞布扇扇翅膀，隨後從鷹嘴裏吐出一根細繩，細繩飛快地捆住了大鼠仙。

抓着海倫他們的鷹頭怪，都從嘴裏吐出細繩，捆住了海倫他們。這些傢伙把海倫他們推在一起。

這時，餓了小心地把頭從落葉中探出來看着。

「去──」餓了被一個鷹頭怪一腳踢開，「怎麼還有一隻刺蝟──」

餓了飛到一邊，牠翻身起來。很明顯，這些魔怪以為餓了只是一隻普通的刺蝟。

餓了看了看不遠處的海倫，海倫對牠使了個眼色，餓了連忙跑到一邊。牠看到有一棵大樹，連忙跑到了樹後，鷹頭怪就看不見牠了。

關鍵人物

瘦無臉魔 奧古斯丁

相比起其他同夥，它較為呆笨、懶散、糊塗，較容易欺騙及套取秘密。在未確認名字前，大家只以它的身形來稱呼它為瘦無臉魔。

鷹頭怪 塞布

魔頭怪是魔力很強的魔怪，飛行能力和戰鬥力極高，一直企圖成為異域的霸主。塞布是深受手下尊敬的首領，跟魔法師及無臉魔的關係都很惡劣。

關鍵證物

捆妖繩

魔法師用作捉拿魔怪的工具。落在魔怪身上後，魔怪越掙扎就會自動綁得越緊。但鷹頭怪的鷹嘴擁有魔力而且鋒利，竟然一咬一扯就能令它斷開！

第九章 「我餓了！」

「老大，這個無臉魔，還有巫師、大鼠仙，都是一夥的。」一個鷹頭怪走到塞布身邊，興奮地說，「先把無臉魔幹掉，再幹掉它的同夥嗎？」

「你們是不是……」海倫聽到鷹頭怪的話，想了想，她很是疑惑，「……你們是被派來抓無臉魔的嗎？但你們抓錯了！跑掉的那個確實是無臉魔，但我們不是……」

「我們就是來抓無臉魔的，我們要給老大的弟弟報仇！」鷹頭一個一個怪叫道。海倫看了看，這些魔怪一共有七個。

「我不是呀，我真的不是無臉魔呀！海倫，唸魔咒把我變回來……」湯姆斯喊叫着。

海倫對着湯姆斯唸了一句魔法口訣，湯姆斯變了回來。當然，是孩子身形的湯姆斯，海倫可

以用變身術把湯姆斯變回二十歲的樣子，但是因為變身魔藥的作用，幾天內就會耗費掉海倫所有的能量，之後湯姆斯還是會變回小孩模樣。現在唯有找到解藥才能徹底變回去。

「變成人形來騙我們，你太幼稚了！你就是無臉魔，你沒準就是殺害老大弟弟的傢伙呢！」一個鷹頭怪對湯姆斯吼叫起來。

「我、我……」湯姆斯此時感到委屈，「我真的是人類呀，我怎麼會是無臉魔呢？」

「我不是無臉魔，是大鼠仙呀！這麼明顯，你們看不出來嗎？視力有問題嗎？」大鼠仙扭著身子說。

「你是人類嗎？」塞布有些疑惑了，它先盯著湯姆斯，「難道是魔法師？」

「你不是會魔法嗎？你仔細看看呀！」湯姆斯大喊起來，「你們把真正的無臉魔放走了！」

「它自己跑的，誰放走它了？」一個鷹頭怪走過去，把頭探向湯姆斯，從頭看到腳，非常仔

114

細。

這個魔怪看完後，皺着眉頭走到了塞布身邊。

「報告老大，是人類，不是無臉魔。」

「如果是人類，那就是魔法師了？」塞布盯着湯姆斯問，「因為巫師和無臉魔是一夥的，不會把無臉魔綁起來。你是魔法師吧？」

「魔法警察，我們是魔法警察！」湯姆斯喊道，「快點把我們放了，你們這些魔怪要是作惡不多，也許我們能饒了你們！」

「魔法警察？也就是魔法師吧？你們也一樣是對付我們的吧？」塞布冷冷地説，「哼，我不會放你們的，我的另一個弟弟就是被魔法師抓住，現在被魔法師聯合會關起來了。我也要為那個弟弟報仇。」

「你、你……」湯姆斯非常生氣，「你還有多少個弟弟？一次都説出來──」

「老大就這兩個弟弟，一個被你們抓走了，

另一個被無臉魔給殺了。」一個鷹頭怪揮了揮手爪，「所以不能放了你們！」

「魔怪之間，也有爭鬥的。」海倫緊挨着湯姆斯，她碰了碰湯姆斯，「這裏的事情比較複雜的。」

「老大——動手吧——」一個鷹頭怪一直吵着要殺掉海倫他們，「現在就報仇，可惜那個無臉魔跑了……」

「啊——不要呀——我可沒有招惹你們——」大鼠仙哭喊起來，「你們太不講道理了——」

「和魔法師在一起，就得一起去死，你們是一夥的！」那個鷹頭怪惡狠狠地説。

餓了一直躲在樹後，聽到魔怪們要對海倫他們下手，心裏一驚，可是牠也沒什麼辦法。牠很着急，但單憑牠的能力，一個也打不過。

餓了把頭悄悄地探出那棵樹，魔怪們都背對着自己。海倫看到了牠，不過快速把頭抬起來，假裝沒有看見餓了。

「魔法師，你們也有今天。」塞布冷笑着，走到海倫面前，它忽然舉起了鷹爪，鷹爪的尖頭閃着寒光。

「等一下。」海倫突然大喊，她用力瞪着塞布。海倫他們剛才突然被鉗住，掙脫的機會都沒有，所以也沒有辦法反擊。

塞布以為海倫要反抗，先是愣了一下，退了一步，做好準備應戰，但是海倫只是瞪着自己。

「怎麼了？」塞布問道。

「你不想報仇了嗎？你不是說無臉魔殺了你的弟弟嗎？」海倫冷笑着說。

「我當然想報仇呀！」塞布說。

「那你去呀，去找無臉魔呀，大無臉魔叫雷頓，你應該知道呀。」海倫繼續說。

「我當然知道，我要是知道它在哪裏，早就去了。」塞布說，「這還用你說嗎？」

「所以呀，你不能殺我們。」海倫說，「我知道雷頓在哪裏，你想不想知道呀？」

「想，當然想。」塞布連連點頭，不過它忽然懷疑地看看海倫，「你真的知道雷頓在哪裏？你不是為了活命耍花樣吧？」

「你也知道我們是魔法警察了，魔法警察是幹什麼的？就是追蹤無臉魔的呀，你以為我們是亂追的嗎？你真的以為我們是來這裏露營的嗎？我們剛才不是抓到一個無臉魔，但是被你們傻乎乎地放走了？」海倫一口氣地說。

「我、我……我們沒有故意放走它呀！是它太狡猾了，趁我們不注意跑掉了。」塞布說道，「不過你們確實抓住了一個無臉魔，那麼，雷頓在哪裏呀？」

「放了我們就告訴你！」海倫高傲地抬起頭，說道。

「對，放了我們就告訴你。」湯姆斯跟着說。

「放了你們？」塞布立即搖頭，「不可能！我們剛才是偷襲才能把你們按住的，要是放了你

們，你們反抗，到時候還要費力把你們再抓起來。」

「其實我也沒想過你們真的會放了我們。」海倫忽然笑着說道，「答應我們另外兩個條件，我就告訴你雷頓在哪裏。」

「什麼條件？」塞布問道。

「第一個就是不殺我們，第二個，我很想知道，你們是怎麼發現我們的？」海倫說道。

「第一個……只要告訴我們雷頓在哪裏，當然不殺你們了。」塞布說，「第二個……告訴你們也沒什麼，很簡單。我的一個……伙計，在飛行的時候，發現了這個山谷裏有無臉魔，告訴了我，我們就趕過來了。本來我就到處找無臉魔，這個伙計是誰不要問，我不會告訴你。」

「好的，不問。」海倫點點頭，「另外，還有個條件，其實也算不上條件，我們好幾天沒吃東西了，沒辦法帶你們去找雷頓。所以，你們去給我們弄點吃的，吃飽了就帶你們去。」

「給你們弄吃的……」塞布皺着眉，「我們也都沒怎麼吃東西呢……」

「啊，我沒吃飯，我餓呀……」湯姆斯說着就躺在地上，「不行了，走不動了。」

「好了，去弄吃的！」塞布不耐煩地喊起來，「這就去……」

「我要求不高，簡單就好，越簡單越好。」湯姆斯立即坐起來，「牛排吧！在超市買上好牛排，製作的時候先用刀背把牛肉斷筋，這樣容易熟；牛排要灑鹽，一定要用海鹽，我可是吃的出來呀！牛排要摸上油、黑胡椒粉，然後醃製一小時零五分鐘，不能多也不能少，表面要發亮。這些都很簡單，關鍵是烹飪……」

「夠了，這還簡單嗎？」塞布真生氣了，「弄來什麼吃什麼，這裏只有果子可以吃！」

「我隨便吃點就好，往左一千米有一棵蘋果樹，我只吃那棵樹上的蘋果。」大鼠仙也看到了餓了，他扭過頭，假裝什麼都沒有看見。

「那麼遠！」塞布瞪着大鼠仙，「是不是想把我們支遠一點呀？我告訴你，不要耍滑頭！」

塞布轉身，餓了連忙把頭縮回去。塞布看看手下，指了指其中幾個。

「你、你、你、你！去弄點果子來，快去快回！」

四個鷹頭怪去找食物了，這種山林只能找到一些水果。剩下塞布等三個，盯着海倫他們。

「等一會，吃飽了水果，就帶我們去找雷頓，不要想逃跑，我會一直捆着你們，等找到了雷頓，我就放開你們。」塞布說着蹲下身子，「嗨，我說，雷頓就在這附近吧？」

「這個不能告訴你。」海倫搖了搖頭。

「好吧，那就等你直接帶我們去啦。」塞布聳聳肩，「你們跑不掉的。」

「餓了……餓了……」海倫突然大喊起來，「鬆開這繩子，鬆開這繩子呀——餓了呀——」

「別喊，我知道你餓了。」塞布不高興地

說，「不是去給你們找食物了嗎？它們剛走，怎麼能這麼快把食物找來？」

海倫往對面的大樹後看了看，那邊伸出一個小小的手爪，做了一個「好」的動作。

「餓了──餓了呀──」大鼠仙說著就站起來，他被捆著手，但是腳能動，直接走向一邊。

湯姆斯跟著也站起來，隨著大鼠仙走去。

塞布著急了，它的兩個手下連忙走過去，拉著了大鼠仙，大鼠仙還扭著身子，抗拒著。塞布則拉住了湯姆斯，想把他們拉回去坐好。

樹後的餓了看準這個機會，從另一邊飛快地繞了過去，快步跑到海倫的身後，海倫連忙用身體擋著牠。餓了鑽到幾片落葉下，藏了起來。

塞布和手下硬把大鼠仙和湯姆斯拉了回來，塞布把湯姆斯按著坐下，大鼠仙也被一個魔怪推倒，靠了在湯姆斯身邊。

「全都老老實實地等著。」塞布命令道，「不要亂跑！」

「餓了——好了——就這樣等着吧——」海倫說道，這句話當然是說給湯姆斯和大鼠仙聽的，他們之間完全有默契地配合，餓了才能在湯姆斯轉移視線的情況下跑到海倫身後。

湯姆斯和大鼠仙聽到海倫的話，全都不說話了，靜靜地坐在那裏。

塞布看看沒什麼事，走到一邊，手下也很放鬆地站在一邊，小聲說起了話。

餓了從落葉中鑽出來，先走到湯姆斯的身後，開始用牙齒去咬捆着湯姆斯的繩子。

魔怪用的繩子當然不是普通的繩子，所以餓了使用了魔力，很快就咬斷了繩子，隨後鑽到海倫身後，咬斷了她的繩子。繩子的斷頭都在兩人手裏，一用力繩子就完全開了。

餓了來到大鼠仙後背，開始咬捆着他的繩子。餓了摩擦了大鼠仙的毛髮，令他感到很癢。

「哈哈，哈哈……」大鼠仙忍不住，他動着身子，還發出了聲音。

「幹什麼？」一個鷹頭怪看看大鼠仙，走過去問道。

餓了嚇得鑽到大鼠仙和湯姆斯之間，把一片樹葉蓋在腳上。大鼠仙則若無其事聳聳肩。

鷹頭怪看看沒什麼，走到了一邊繼續和同夥說話。餓了再鑽出來，用力咬斷大鼠仙的繩子。

三根繩子全部咬斷。餓了很滿意，可以反擊了。牠從大鼠仙身後轉出來，走到塞布身前。

「刺蝟？怎麼又跑出來一隻刺蝟，一點不怕我們。」一個鷹頭怪看到了餓了，叫了起來。

最後堡壘

「演出開始了——」餓了走到塞布面前，先看看塞布，隨後轉身背對着它，面對着海倫他們，高舉起手喊道。

「三打三！」海倫高喊一聲，同時用力一掙，那根繩子頓時斷開，海倫站起來撲向塞布。

湯姆斯和大鼠仙也掙脫繩子站起來，分別撲向一個鷹頭怪。海倫還沒有衝到塞布面前，餓了跳起來，弓着背，狠狠地插在塞布的身上。

塞布開始都呆住了，不過餓了插痛了它。隨即，海倫一拳打了過來，塞布差點倒在地上。現在它明白過來了，揮動翅膀起飛，兩個利爪揮舞着就抓向海倫。海倫用胳膊一擋，頓時，一隻胳膊就被抓得出血了，只能後退兩步。

塞布緊逼過來，海倫不再硬碰，向塞布連射兩道電光，塞布連忙躲過。海倫抬手想再射一

道電光，塞布飛快地移動過來，手爪狠狠地抓下來。

「飛盾護體——」海倫唸出了魔法口訣。

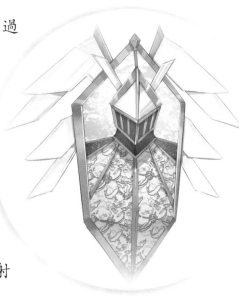

海倫的面前，出現了一面懸浮着的盾牌，剛好把海倫遮住。塞布的一隻利爪正好抓在盾牌上，海倫從盾牌後，射出一道電光，擊中了塞布。

塞布喊了一聲，隨後向後飛了幾米。它先穩定住，隨即一對翅膀開始猛烈扇動，一股狂風撲向海倫，那面飛盾差點被颳得飛走了。

海倫用力抵着地，差點被風推倒。另一邊，湯姆斯和一個鷹頭怪打在一起，暫時平分秋色，不相上下，但另一個鷹頭怪正追着大鼠仙展開攻擊。

餓了跑過去，跳起來把追打大鼠仙的傢伙

插了一下，那個鷹頭怪叫起來，轉身猛踢餓了，餓了連忙躲開。這時，有三個鷹頭怪手裏拿着很多山杏走回來，看到雙方打在一起，立即衝過來助戰。

「跟我來，去最後堡壘──」大鼠仙大喊起來，「快──」

大鼠仙招呼着大家，隨即向山上跑去，湯姆斯、海倫和餓了緊緊跟上，一起跑上山。

塞布等鷹頭怪緊追不捨，海倫的飛盾守衛在最後，塞布伸出手爪抓向最後的海倫，飛盾立即飛過去擋住；山下，又一個鷹頭怪趕來，看到塞布在追趕，也跟了上來。

大鼠仙奮力爬山，餓了飛快地向山上滾動，好幾次居然都超過了大鼠仙。湯姆斯邊跑邊向後射出電光，阻攔塞布它們的追擊，鷹頭怪們躲避着，同時也向海倫他們射出電光，有一道正好射中湯姆斯的胳膊，他大叫一聲，搆着胳膊奔逃。

快到山頂的時候，大鼠仙一個轉向，跑向一

個山洞，那就是他住的山洞。

「快到了——最後堡壘——」大鼠仙招呼大家，他第一個趕到洞口，但是沒有進去，而是拚命揮手，指揮大家進洞。

餓了翻滾着進了山洞，湯姆斯縱身跳進來，緊接着是海倫，最後大鼠仙也進去了，飛盾則擋在大鼠仙後面。衝在最前的塞布距離洞口不到五米了。

大鼠仙進洞後，猛地按下洞口的一個球形按鈕，「哐——」的一聲，一道鐵閘門落下，完全封死了洞口。鐵閘門上，還有一個一本書大小的瞭望窗，瞭望窗有一面厚厚的玻璃。

塞布撲上來，正好撞在落下來的閘門上，被反彈出去，一個手下跟上來，用手爪重重敲擊閘門。

「這不是你家嗎？這是什麼最後堡壘？」餓了緊張地看着大鼠仙的山洞，裏面的擺設簡單，有一張人類的睡牀，但是比較小，還有一張桌子

和一個櫃子，看起來就是人類居所的縮小版。

外面，鷹頭怪們已經圍在閘門前，四個鷹頭怪在不遠處搬來樹樁，塞布在外面激動地指揮着，它們想砸開閘門。

「有沒有別的出口呀？」湯姆斯問道。

「沒有別的出口，不需要。」大鼠仙微笑着說，他一直從瞭望口看着外面的鷹頭怪，「我建造這個堡壘一百多年了，這是最終能保護我的地方，所以叫最後堡壘。今天這裏就要派上用場了，你們看着，真正的演出，現在開始——」

大鼠仙伸手拉下頭頂一個拉繩。從外面看，大鼠仙的山洞四周，露出了十個圓洞，「咚——咚——咚……」，十枚球形炮彈，對着外面的魔怪就射了出去，炮彈發射的煙霧瀰漫。「轟——轟——轟……」，炮彈打在鷹頭怪身上，隨後炸開。塞布它們被炸得大呼小叫，倒地的倒地，還有四處亂竄的。

塞布被炸倒，爬起來就往山下跑，兩個手下

緊緊地跟着它。這時，閘門上方，山體打開一個窟窿，一張弩弓伸了出來，對準逃跑的鷹頭怪就射擊。箭一枝枝飛來，塞布後背當即中箭，它慘叫着趴倒在地，一個手下上來，扶起塞布，向山下奔逃。

「果然是堡壘，有這麼強大的防禦設置！」海倫和湯姆斯都在向外瞭望，海倫感慨說，「費拉米125世，還有什麼手段，都給我們看看！」

「這要看它們的反應，逃走還是衝進來⋯⋯」大鼠仙說着，連拉兩下繩，洞口下方露出一個圓洞。

不遠處，兩個鷹頭怪躲在一棵大樹後，它們沒有跑，而是向山洞這裏連連射出電光。洞口下方的圓洞中，隨着大鼠仙拉下拉繩，一股烈焰直撲那棵大樹，兩個鷹頭怪身上頓時着火，慘叫着一邊拍滅身上的火焰，一邊逃跑。

「好——好——」餓了站在湯姆斯肩膀上，看着外面，看到鷹頭怪被燒，牠連連鼓掌。

山下，塞布後背插着一枝箭，有個手下想把箭拔出來，但是塞布說血會跟着一起流出來，所以不能拔。塞布可不死心，它看了看手下，兩個身上着火的魔怪躺在山坡上，有氣無力地呻吟着，另外還有兩個被炸倒在山洞口，應該也都死了，此時只剩下自己和兩個手下了。

「衝——」塞布咬牙切齒，揮着手爪，帶着兩個手下開始衝鋒，「撞開那道門——」

兩個鷹頭怪抱起一根木樁，跟着塞布就衝了上去，塞布就是不甘心，妄想着把門撞開，把海倫他們抓出來。

「就三個了，還這麼倡狂。」湯姆斯看到塞布它們衝過來，握着拳頭說，「費拉米125世，打開門，我出去應戰。」

「不用着急，我來個大招。」大鼠仙説着，連續拉了三下拉繩。

山洞頂部十多米的位置，突然開出一道十米寬，一米高的開槽，一股瀑布般的水流從開槽裏

噴湧而出，發出巨大的聲響，砸向了塞布它們。

塞布它們聽到聲響，也看到噴湧而下的水幕，驚得站在那裏動不了。轉眼間，水幕就落下，包裹住它們，狠狠地把它們推下山坡。

「衝——」大鼠仙說着按下門口的按鈕，閘門打開，他吶喊着，帶着大家衝殺出來。

兩個鷹頭怪在水中撞到樹幹上，暈死過去，塞布被沖了一百米遠，水勢減弱後，它慌忙站起來。

塞布這時候根本就沒有什麼戰鬥意志了，它只想逃跑，海倫他們還沒有衝殺下來。這時，從周圍的山林中，幾隻鹿衝出，用鹿角猛撞塞布；幾隻狐狸也跟出來，撲咬塞布；接着又有幾隻穿山甲跑過來，加入到攻擊塞布的動物大軍中。

塞布揮着手爪，拼命抵抗，此時它早已筋疲力盡，後背還插着箭，更多的林中動物衝過來，天上還有幾十隻山雀，不時地俯衝，用尖嘴直戳塞布。

這些動物都住在附近，聽到大鼠仙這裏發生了戰鬥，全都過來幫助大鼠仙。

海倫他們很快就衝了下來，塞布看到他們，完全嚇壞了。它拚力推開幾隻狐狸，衝出包圍圈，隨後縱身一躍，飛上天空。

山雀們立即跟上，試圖展開空中攻擊，但是塞布越飛越遠，拉開了和山雀的距離。此時，山坡上兩個被燒的鷹頭怪，勉強起飛，跟着塞布飛走了。其餘的鷹頭怪，全被擊斃了。

海倫他們衝下來，望着塞布遠去的方向，塞布和兩個手下漸漸變成小點，隨後不見了。

「謝謝，謝謝。」大鼠仙對那些林中動物揮着手，感激地說，「各位鄰居，感謝幫助，歡迎來我的堡壘裏做客。」

「費拉米125世，你是這裏真正的森林之王！」湯姆斯感慨地說，「我還擔心，我們走了之後，這個塞布會來報復。現在看你的最後堡壘，還有這麼多的好鄰居。塞布再來，下場一定

比今天還慘！」

「那當然，今天我這些鄰居僅僅出動了百分之一呢！」大鼠仙得意洋洋地說，「怎麼樣？我那最後堡壘不錯吧，一百多年前的建造呢！」

「我們要是有一座這樣的移動堡壘，那就無敵了。」湯姆斯感歎地說，「如果塞布飛來，從堡壘裏射箭都能把它射下來。」

「沒想到在這個憂傷谷裏，會遇到鷹頭怪。」海倫說道，「以前聽說過，這種魔怪很有魔力，一直想充當異域霸主，和無臉魔爭鬥不斷，但是沉寂了好長時間。現在它們又出現了，看來未來的異域更加不會太平了。」

「海倫，我們現在怎麼辦？」餓了問道，「是不是先真正地解決一下胃口問題？我真的餓了。」

「好，先吃好飯，然後我們還是去亞伯丁。」海倫點點頭，她望着北面的遠山，「去那裏還有很遠的路，但願我們能早些順利到達。」

另一邊，戰鬥結束了，看到大鼠仙安全，動物們全都依依不捨地離開。

遠處，塞布帶着兩個手下，拼力奔逃，它們越飛越高，越飛越遠，地面上的景物，都變得極小，甚至完全看不清楚。

「老大，我們去哪裏？」一個鷹頭怪扇着沒有完全燒禿的翅膀，連忙跟上，問道。

「越遠越好！」塞布回頭看看憂傷谷，「差點全都完了……魔法警察，你們全都給我等着！」

憂傷谷，大鼠仙的山洞裏。

大鼠仙把資訊球交給海倫，海倫把上面的兩根刺蝟的刺拔掉，遞給餓了，收起了資訊球。餓了拿着兩根刺，試着插回自己後背上，不過沒有成功，只好反覆地試起來。

「那麼，費拉米125世，我們走了，感謝你這次救了我們。」海倫動情地説，「而且是兩次，無臉魔和鷹頭怪，都差點害了我們。」

「嗯，我收下你們的感謝，我一直就樂於助人。」大鼠仙笑了笑，「你們還要去對付那個雷頓，一定要小心呀！」

「是的。」海倫用力點點頭，「我們一定要找到那個雷頓，抓住它！」

海倫和湯姆斯相互看着，目光非常堅定。

〈第2冊完〉
〈第3冊繼續旅程〉

下冊預告

小鎮大怪

　　海倫、湯姆斯、刺蝟餓了，這個二人一怪的魔法警察奇妙組合，繼續往新的目標地——亞伯丁進發，誓要捉拿隱藏在背後的大無臉魔雷頓。

　　在調查的途中，他們竟然巧遇三個潛逃的小無臉魔。別以為它們曾經是手下敗將就可掉以輕心，原來它們早就找到新據點，並設了邪惡陷阱！

　　餓了首先發現一個被關在大鐵籠裏的可憐嬰兒，在不忍心和不小心的情況下，把他放了出來。怎料，這個嬰兒竟然搖身一變，成了一隻似狗似豹的物體，繼而還變成了一頭大怪獸！餓了會有危險嗎？

緝捕大魔王之路，一站比一站兇險！

④ 古堡迷影

穿越到十一世紀的圖林根，解開古堡「魔鬼」之謎！究竟城堡裏發生了什麼事？

⑤ 石器時代的大將

穿越到新石器時代，追捕被通緝的「毒狼集團」成員，卻被一個騎着豬的大將捉住了⋯⋯

⑥ 龐貝古城行

穿越到公元前55年的斯塔比亞城，解救被「毒狼集團」綁架意大利投資家！

⑦ 百年戰場上的小傭兵

穿越到1415年法國阿金庫爾鎮東面的尚松森村，追捕「毒狼集團」意大利地區首領，卻被誤會為僱傭兵⋯⋯

⑧ 銅器時代登月計劃

穿越到銅器時代的一個地中海小島追捕「毒狼集團」成員，卻被村民綁了起來，用作試驗「登月計劃」！

⑨ 加勒比海盜大戰

穿越到十七世紀的加勒比海，追捕毒狼集團成員「加西亞」。怎料在路途中遇上海盜，一場加勒比海大戰一觸即發！

⑩ 與莎士比亞絕密緝凶

穿越到1577年的史特拉福鎮，緝拿毒狼集團成員「加雷斯」，拯救被挾持的少年莎士比亞！

⑪ 特洛伊攻城戰

穿越到三千多年前的邁錫尼文明時期，追捕毒狼集團慣犯庫拉斯，竟陷入特洛伊戰爭的險境之中⋯⋯

⑫ 誓保梵高名畫

穿越到1886年的比利時安特衛普市，保護世界頂級畫家梵高的名畫，阻止毒狼集團的偷畫奸計！

各大書店有售！ 定價：HK$65/冊

異域搜查師2

大戰憂傷谷

作　　者：關景峰

繪　　圖：紙紙

責任編輯：黃楚雨

美術設計：李成宇

出　　版：新雅文化事業有限公司

　　　　　香港英皇道499號北角工業大廈18樓

　　　　　電話：（852）2138 7998

　　　　　傳真：（852）2597 4003

　　　　　網址：http://www.sunya.com.hk

　　　　　電郵：marketing@sunya.com.hk

發　　行：香港聯合書刊物流有限公司

　　　　　香港荃灣德士古道220-248號荃灣工業中心16樓

　　　　　電話：（852）2150 2100

　　　　　傳真：（852）2407 3062

　　　　　電郵：info@suplogistics.com.hk

印　　刷：中華商務彩色印刷有限公司

　　　　　香港新界大埔汀麗路36號

版　　次：二〇二三年七月初版

ISBN : 978-962-08-8247-0